Dois CARAS
LEGAIS

Dois CARAS LEGAIS

um romance de Charles Ardai

baseado em um roteiro
de Shane Black
e Anthony Bagarozzi

Tradução
Miguel Damian Ribeiro Pessoa

GRYPHUS
Rio de Janeiro

© 2016 Warner Bros. Entertainment Inc. THE NICE GUYS and all related characters and elements
TIBO37846

© Silver Pictures Entertainment, WBSHIELD: ™ & WBEL (S16)
Todos os direitos reservados e garantidos. Nenhuma parte deste livro pode ser reproduzida ou transmitida em qualquer formato ou por qualquer meio eletrônico ou mecânico, incluindo fotocópia, gravação ou por qualquer sistema de armazenagem e recuperação de informação, sem a permissão por escrito do editor, exceto quando permitido por lei.

Título original
The Nice Guys

Revisão
Lara Alves

Editoração eletrônica
Rejane Megale

Capa
Gabinete de Artes (www.gabinetedeartes.com.br)

Adequado ao novo acordo ortográfico da língua portuguesa

CIP-BRASIL. CATALOGAÇÃO-NA-FONTE
SINDICATO NACIONAL DOS EDITORES DE LIVROS, RJ
....
A719d

Ardai, Charles
  Dois caras legais / Charles Ardai ; baseado em um roteiro de Shane Black e Anthony Bagarozzi ; tradução Miguel Damian Ribeiro Pessoa. - 1. ed. - Rio de Janeiro : Gryphus, 2016.
  234 p. : il. ; 21 cm.

  Tradução de: The nice guys
  ISBN 978-85-8311-083-5

  1. Ficção americana. I. Pessoa, Miguel Damian Ribeiro. II. Black, Shane. III. Bagarozzi, Anthony. IV. Título.

16-35033
CDD: 813
CDU: 821.111(73)-3
....

GRYPHUS EDITORA
Rua Major Rubens Vaz 456 — Gávea — 22470-070
Rio de Janeiro — RJ — Tel.: +55 21 2533-2508 / 2533-0952
www.gryphus.com.br — e-mail: gryphus@gryphus.com.br

Palavra do Dia

Pulcritude \puw-kri-tu-DE\, substantivo:
Beleza física, especialmente feminina; atratividade sexual.

1.

Ela era velha. A maior parte dos clientes de March era. Garotas atraentes entrando num escritório de um detetive particular com uma roupa bem decotada e cabelo penteado que nem o da Farrah Fawcett, isso só acontecia nos filmes.

— A senhora tem alguma foto recente da sua sobrinha que possa deixar comigo? — March perguntou, e a senhora sentada de frente para ele sobre o sofá de retalhos que tinha cheiro de listas telefônicas antigas (ou pelo menos era o que March pensava) ficou com as bochechas empoadas coradas por baixo dos óculos grossos que estava usando. Pareceu estar desconfortável. Envergonhada.

— Infelizmente, eu tenho, sr. March.

March suspirou.

— A senhora deve ter alguma coisa. Qualquer foto vai ser... Espera, o que foi que a senhora disse?

A senhora começou a vasculhar a bolsa de um metro de largura, feita de batik e com alças de macramê e que parecia poder estar escondendo uma família de imigrantes chineses.

— Fico muito triste com isso, mas tenho. — Da bolsa ela tirou um estojo de batom, um hidrocor, uma bolsinha de plástico que continha um gorro de chuva dobrado e os colocou um por um ao seu lado no sofá. — A Misty era uma criança tão boazinha, uma garota tão carinhosa, nunca saía nenhum palavrão da sua boca. Todos nós esperávamos que ela se tornasse uma enfermeira, de tanto que gostava de cuidar dos animais dela. — Sobre a almofada ao lado dela, havia agora um bloco de anotações com resultados de palavras cruzadas, uma lata de pastilhas de limão e um borrifador contendo Eau de Cologne 4711.

— Sra. Glenn...

— Um momento, meu jovem. Estou com ela aqui em algum lugar.

March se deixou afundar na cadeira. Foda-se a postura. Se uma garota atraente o contratasse alguma vez, ficaria sentado direito.

A senhora terminou de escavar a bolsa e pegou uma folha dobrada de papel lustroso, como se fosse uma página arrancada de uma revista. Ela desdobrou o papel e o entregou a March.

March ajeitou a postura na cadeira.

A garota na foto parecia ter por volta de vinte e três anos, embora fosse difícil saber ao certo com a iluminação, a maquiagem e o cabelo penteado que nem o da Farrah Fawcett. Isso sem mencionar o fato de que era impossível ficar olhando para o rosto dela por muito tempo porque o olho era o tempo todo atraído para baixo, onde santo Deus, eles são de verdade? Porra. Parecia ser uma propaganda de filme pornô. Era uma propaganda de filme pornô. Nela, no canto, lia-se "Eu Sou Sensual, Lilás. Estrelando Mi". — O resto estava rasgado. March se forçou a olhar em outra direção, pegar a foto da garota usando um vestido praticamente transparente e busto tamanho quarenta e quatro, dobrá-la e colocá-la no bolso, dizendo com a voz mais profissional que tinha:

— Obrigado, sra. Glenn. Isso vai ser de grande ajuda.

— Ela falou pra mãe dela que estava atuando em filmes — a senhora disse. A gente pensou que ela queria dizer filmes do tipo que a gente assistia com ela quando estava crescendo. O mágico de Oz. A noviça rebelde.

— Bem, — March respondeu —, alguns desses filmes têm noviças.

Lily Glenn olhou fixamente para ele com uma expressão séria.

— A senhora não mencionou que a sua sobrinha era uma... artista de filmes adultos — March continuou. — Qual é o nome que ela usava no trabalho?

— Ah, Misty — respondeu a sra. Glenn. A voz dela ficou mais baixa. — Misty Mountains.

Nesse momento, uma lâmpada se acendeu no cérebro de March e ele se esticou ainda mais na cadeira. Não costumava assistir muito à televisão, mas de vez em quando via rapidamente algo que estivesse passando, quase sempre em bares, e em uma dessas vezes, alguns dias antes, havia assistido a uma reportagem do jornal sobre uma atriz pornô que havia morrido em um acidente de carro bastante chamativo em algum lugar próximo ao Coldwater Canyon. Não havia prestado atenção no nome, todas essas atrizes pornôs tinham nomes que soavam parecidos, mas agora que o havia escutado de novo, bem. Mountains. Misty Mountains. Sem dúvida se tratava de uma referência ao amor dela por grandes montanhas.

— Eu sinto muito, sra. Glenn — March disse, soando mecânico, e ele se sentiu um pouco mal por isso, mas prosseguiu. — Sinto muito pela sua perda. Mas a senhora não disse que viu a sua sobrinha há alguns dias?

— Disse.

— E a senhora quis dizer, bem, antes do acidente?

— Não. Depois.

— Mas... Sra. Glenn... a sua sobrinha, sabe, não morreu naquele acidente?

A senhora juntou meticulosamente as coisas no sofá e as colocou uma a uma dentro da bolsa.

— É óbvio que não — respondeu.

— É óbvio que não — March repetiu. — Óbvio que não.

— Eu vi ela, sr. March. Vi perfeitamente, pela janela da casa dela, sentada à mesa, com um paletó azul listrado, escrevendo alguma coisa. Mas quando eu bati na porta...

— Quando a senhora bateu na porta?

A senhora encolheu os ombros, e pareceu como se o corpo dela houvesse se esvaziado. Ela ficou como um balão murcho, com uma mão presa à monstruosidade de batik ao lado dela.

— Ela fugiu. Pela porta dos fundos. Pulou num carro e foi embora correndo. Eu chamei ela, entende, eu gritei, mas ela não escutou.

Ou escutou e não quis parar, March pensou.

— A senhora saberia descrever o carro?

— Era vermelho — respondeu a sra. Glenn.

— E...?

Ela encolheu os ombros de novo e lançou um olhar desamparado para March.

— Quatro portas? Duas? Um daqueles pequenos japoneses? Uma caminhonete antiga beberrona?

Lily Glenn encolheu os ombros mais uma vez.

— A senhora não se lembra de absolutamente nada sobre o carro, sra. Glenn?

— Bem, tem uma coisa — a senhora disse. — Eu não sei se ajuda em alguma coisa, mas eu anotei. — Começou a vasculhar a bolsa de novo. — Eu acho que se diz número da placa?

2.

Foi assim que as coisas se passaram:

Era entre dez da noite e meia-noite, Mulroney não sabia quando exatamente, podia procurar saber, mas foda-se, não é? De que importa? De noite é de noite. O importante é que estava escuro, e os pais da criança estavam dormindo, e você quer ouvir a história ou não?

March queria ouvir a história.

Então, estava escuro, o pai era um ortopedista, passava o dia lidando com joanetes, a mãe era uma, como se chama, uma, uma, caralho do céu, ele não conseguia se lembrar da palavra, mas de qualquer jeito ela ficava o dia inteiro no batente, então estava morta também, e o menino — o nome dele era Bobby, Bobby Vandruggen, o pai era Henry, a mãe Joyce — às vezes a memória funciona, às vezes não, não é? — enfim, o menino estava acordado, você sabe, eram só dez da noite...

Ou meia-noite.

Ou era onze e vinte e oito, merda, mas o que importa é que ele estava acordado, tinha assistido os Hardy Boys, tinha assistido aquele programa do Steve Austin, e com certeza poderia assistir o da Carol Burnett, mas ele era um adolescente e os pais estavam dormindo, então você sabe o que ele ia fazer ao invés disso, não sabe? Então ele entrou de fininho no quarto dos pais, porque sabia onde o coroa dele guardava as coisas de qualidade, bem debaixo da cama, cópias de *Playboys* e *Penthouses* e ainda outras escondidas onde a dama da casa nunca encontraria, porque quando é que ela limpa embaixo da cama, não é, não? Então mamãe e papai estão roncando que nem uma serra elétrica, e o pequeno Bobby entra de fininho, que nem um rato, e pega a que estava em cima da pilha, só eu que posso dizer qual era porque guardamos a revista como evidência, não guardamos? Não podemos deixar merdas que nem essa largadas por aí, podemos?

É claro que não.

É claro que não. Então, era uma edição especial da *Cavalier* — não me olha desse jeito, March, como se você nunca tivesse comprado um exemplar.

Nunca na minha vida.

Você devia comprar qualquer dia desses. Enfim, o pequeno Bobby leva o prêmio até a cozinha, prepara um sanduíche pra ele, leva as coisas pra sala de estar e senta no sofá, usando o pijama de botões. Abre a revista no pôster dobrado, que naquele mês tinha uma foto da Misty Mountains, e se você disser que não sabe quem ela é, eu juro por Deus, March, eu vou começar a pensar que você é uma bicha. Não me responda, não quero nem saber.

Mas então, enquanto isso — isso foi lá perto da Mulholland, certo? Na colina? E lá na estrada, um daqueles Trans Am esportivos, azul, vem do nada, faz a curva a uns cento e trinta por hora, bem ao estilo de *Agarre-me se puder*. Bate na grade de proteção da pista, pou!, começa a despencar ladeira abaixo, bem na direção da casa do garoto, onde o ortopedista e a mulher dele estão dormindo e o menino está focado na Misty Mountains. Dá pra imaginar? Então, bum!, a porra da parede inteira da casa desaba e o Trans Am invade a casa quebrando tudo. Foi um milagre ele não passar por cima do garoto, pra dizer a verdade. O lugar ficou um desastre total. O carro passa por cima de uma poltrona, um relógio de pêndulo daqueles grandes e a parede do outro lado — pou!, pou!, pou! Metade do teto desaba. A mãe e o pai acordam, é claro. Estão chamando o nome dele, Bobby!, Bobby!, mas o Bobby está lá fora, descendo a ladeira correndo, na direção de onde o carro parou, junto a umas árvores. E a motorista, olha só, ela foi jogada pra fora do carro, estava deitada no chão, ao lado da porta aberta, o carro já era e ela ficou bem fodida também, mal estava respirando, mas ela estava — você não vai acreditar nessa merda — completamente, da cabeça aos pés, que nem uma recém-nascida, pelada. Sério, sem nenhuma roupa. Você entendeu? Não estou dizendo que ela foi dirigir de calcinha. Estou falando nada. E porra, quem você acha que era?

A Misty Mountains.

O quê, você já escutou essa história?

Apareceu no noticiário, Mulroney. Todo mundo já escutou ela.

Bem, vou contar pra você uma coisa que não apareceu no noticiário. Ela estava morrendo, certo? Mal tinha fôlego pra falar, mas estava tentando botar alguma coisa pra fora, e o garoto chega mais perto pra escutar o que era. Você quer saber o que foi que ela disse pra ele? A mesma mulher pelada na qual o menino estava pensando enquanto tocava uma, que tinha acabado de destruir a casa dele, que estava deitada ao lado dos destroços do Trans Am, ainda soltando fumaça? Ela toma fôlego pela última vez e diz pra ele "O que você achou do meu carro, garotão?"

Não estou de brincadeira com você, March.

E então ela morreu. Bem na frente dele. E você sabe o que o garoto fez? Ele tirou a camisa do pijama e cobriu ela. Não o rosto dela, mas aqueles peitos bonitos que ela tinha. Pra ela estar decente, entende? Quando a mãe e o pai dele chegarem lá. Quando o Stevenson e o Pickler aparecerem.

Foi assim que aquilo aconteceu, de acordo com o relato feito pelo oficial William Mulroney do Departamento de Polícia de Los Angeles, enquanto olhava o número da placa de um Volkswagen Type 181 1974 vermelho registrado no nome de Amelia Francine Kuttner.

Palavra do Dia

Repercussão \re-peR-ku-sawN\, substantivo:
A consequência de uma ação, normalmente desagradável;
por vezes referente a efeitos contínuos ou duradouros.

3.

Jackson Healy sentia que, em algum momento enquanto se aproximava dos quarenta anos, havia se perdido no caminho, mas o problema era que, se tentasse identificar esse momento em alguma hora ou lugar, não conseguia. Não que houvesse algo de tão ruim na vida dele — quer dizer, aconteceram várias coisas ruins, mas tão ruins assim? Muitas pessoas passaram por coisas piores, algumas delas por causa de Jackson Healy. Então se fosse para ser totalmente honesto quanto àquele assunto, não tinha muito do que reclamar. Tinha trabalho suficiente, conseguia levar a vida. Tinha um quarto sobre o Comedy Store, onde Mitzi o presenteava com refrigerantes de gengibre. Tinha o peixe para tomar conta, o que Deus sabe que é melhor do que ter um gato ou um cachorro. Ou uma pessoa. E quando pessoas vinham lhe pedir ajuda, ele ajudava.

Não que fosse um altruísta ou algo do tipo. (Altruísmo, substantivo: o impulso de ajudar outras pessoas, desinteressadamente. Nem toda palavra que aprendia com o seu calendário de Uma-Palavra-por-Dia era útil, mas essa havia sido. Havia-o feito parar e pensar.) Ele não era desinteressado. Era um trabalho. Cobrava uma taxa, e as pessoas a pagavam ou ele não aceitava o trabalho. Antes, deixava que as pessoas pagassem no final, depois que ele cumprisse a parte que lhe cabia, mas mais de uma vez haviam faltado com a palavra ou tentado faltar, e isso significava apenas que ele tinha que lhes explicar por que aquela não era a forma certa de se fazer negócios. E a lição era aprendida, é claro — no fim, ele recebia —, mas era como se tivesse que fazer dois trabalhos pelo preço de um, e qual era o sentido daquilo? Então agora o pagamento era adiantado, dinheiro na mesa ou Healy simplesmente iria para o andar de cima alimentar o peixe, e que a pessoa achasse outro jeito de cuidar do cara que a estava ameaçando, ou se metendo com a filha menor de idade dela, ou o que quer que fosse.

Dito isso, Healy realmente gostava de ajudar. Aquele dia no restaurante — ninguém estava lhe pagando por aquilo. Mas não era como se tivesse muita escolha: o escroto com a escopeta estava completamente louco, tão chapado de PCP ou ácido ou outra merda dessas que estava pensando que o café da manhã organizado para o Grand Slam era um plano armado contra as pessoas brancas em geral e contra ele em particular. Mas sabe como é, havia pelo menos uma dúzia de pessoas no restaurante naquela hora e nada dizia que Healy tinha que ser a pessoa a pular o balcão e bater no filho da puta. Outra pessoa podia ter levado o tiro na porra do bíceps. Mas aconteceu que ninguém fez isso. Todos os outros estavam gritando, virando mesas e se escondendo por trás delas. E Healy poderia ter feito o mesmo, o seu bíceps teria agradecido se tivesse feito assim. Mas o que fez ao invés disso foi lançar um golpe voador no filho da puta louco com a escopeta na mão e não apenas um, mas dois dedos no gatilho.

Havia aparecido no noticiário depois disso, pessoas até do Oregon ligaram pra dizer que o haviam visto, deitado com a barriga para cima numa maca de ambulância, com a camisa perfurada e encharcada de sangue, com um largo sorriso enquanto saíam em disparada. E sabe por que ele estava sorrindo? Porque se sentia bem com aquilo. Não pelo braço dele, Deus sabe, nem pela perspectiva de passar seis semanas em recuperação sem nenhum analgésico. Mas pelo que havia feito. Como se houvesse avançado um passo ou algo do tipo. Ainda era bater em pessoas, ainda era usar os punhos para resolver os problemas, mas por um motivo, não por um pagamento.

O padrinho dele do AA, Scotty, disse-lhe que talvez aquilo significasse que estava pronto pra seguir adiante, tentar um novo ramo de trabalho, o que talvez fosse verdade. Healy já estava pensando há alguns anos agora sobre talvez se candidatar a uma licença de investigador, trabalhar sob a supervisão de um investigador particular por um tempo, depois abrir o próprio negócio, com direito a anúncio nas páginas amarelas e tudo o mais. Esses caras ajudam pessoas. Iria se sentir bem ao acordar de manhã sabendo que era essa a tarefa do dia.

Mas, de um jeito ou de outro, não havia feito aquilo, e estava começando a se perguntar se algum dia faria. Talvez a vida que tinha fosse a certa pra ele, como um jogo de roupas que não se vê nas capas de revistas, mas que cai bem sem precisar folgar aqui e apertar ali. Pode não ser o que havia previsto vestir, mas é o que tem no armário.

A ambição é uma coisa engraçada. Quando era uma criança, praticava com a guitarra do irmão no sótão, e pensava que seria Bill Haley quando crescesse. Onde é que aquilo tinha ido parar? Não havia sido por falta de talento, havia sido por falta de desejo. Bem, talvez falta de talento também. Mas nunca havia sequer tido a chance de fracassar por esse motivo, já que a falta de desejo o havia tirado da corrida primeiro.

É, né. Healy jogou para o fundo da garganta o resto do refrigerante de gengibre, levantou-se do banco que estava ocupando enquanto observava o relógio atrás do bar, jogou algumas moedas do lado do copo e pegou uma mão cheia de amendoins pro caminho de volta. Quem é que queria ser Bill Haley afinal de contas? Olha como o homem acabou, mais um bêbado com uma franjinha encaracolada e algumas memórias.

Três da tarde, em breve a aula iria acabar na escola, hora de ir ao trabalho.

O nome da garota era Kitten, e talvez o problema houvesse começado aí. Quem é que coloca o nome de Kitten na filhinha? Mas estavam na Califórnia, os anos sessenta não estavam tão longe no retrovisor e toda escola de ensino fundamental tinha a sua cota de Kittens, Rainbows e outros nomes daquela espécie. O pai dessa menina parecia totalmente sensível e responsável quando você se sentava à mesa com ele agora, mas quem sabe o que é que ele estava fumando lá em 1964, quando a Kitten foi concebida?

Céus, pelo cheiro que estava sentindo agora, Healy diria que a própria Kitten era capaz de dar um ou dois tragos.

Healy estava posicionado embaixo de uma janela, abraçado a uma parede de pedras lisas de uma construção de dois andares no condado de Ventura, escondido sob a sombra do fim da tarde. Eles estavam no andar de cima, Kitten e o pretendente dela, e a janela estava aberta pela metade, com apenas uma cortina esvoaçando para manter os insetos do lado de fora. Isso queria dizer que Healy não só conseguia sentir o cheiro que vinha de lá, mas também podia escutá-los, e era uma conversa de marcar época.

— Quem é o cara, gata? — perguntou a voz masculina e arrastada. — Quem é?

E Kitten respondeu:

— Você é, você é o cara, é sim, você é o cara. Você! Você!

Healy comeu um amendoim.

Havia ficado no rastro de Kitten desde quando ela havia descido a escada do prédio da escola em Sepulveda, rindo com outras duas garotas de alguma projeção que havia visto na aula de Inglês, aparentemente uma super tosca. Elas provavelmente tinham todas a mesma idade, mas ao vê-las Healy entendeu por que foi o pai de Kitten que sentiu a necessidade de contratá-lo. Existem garotas de treze anos e garotas de treze anos. Kitten tinha cabelos castanhos longos e exuberantes que passavam dos ombros, lábios vermelhos da cor de cerejas, um rosto que faria cabeças virarem em sua direção em todo lugar que fosse e um olhar nele que dizia que ela sabia muito bem disso. Precoce, Healy supôs que era possível chamá-la assim, exceto pelo fato de que todas as crianças daquele tempo eram precoces, e ela ia um pouco além disso. Crianças como Kitten sabiam muito e muito pouco ao mesmo tempo.

Ela pegou a bicicleta que estava presa no bicicletário junto a outras muito parecidas — fitas amarradas no guidão, banco banana — e pedalou energicamente pra chegar a um restaurante *drive in* a menos de um quilômetro de distância. Então ela ficou sentada e esperou pela chegada de alguém de carro, e acabou que era um homem com o triplo da idade dela em um conversível de duas cores.

Sue Lyon não chegava aos pés da nossa Kitten, exceto por uns óculos de sol em forma de coração. De que Kitten realmente não precisava. O shortinho cáqui e a camisa folgada que deixava a barriga de fora davam conta do serviço tão bem quanto os óculos e, se não dessem, a expressão nos olhos dela e o beicinho sedutor dariam. Healy a observou do outro lado da rua, e quando Kitten entrou no conversível, Healy entrou no próprio carro e os seguiu.

E foi assim que chegou até ali, onde estava bisbilhotando pela janela, ou, para ser mais preciso, onde ficou sentado embaixo da janela, esperando que tudo terminasse.

— Você é o cara, — Kitten gemeu —, você é o meu gostoso!

Healy estremeceu.

— Gostoso! Gostoso!

Ok, ele é o seu gostoso. Mas me conta, ele é o cara que...?

— Ah, isso, gostoso! Isso! Você é o cara, gostoso!

Bem, aí está.

Healy descascou outro amendoim. Era impossível não se lembrar do breve flerte que ele mesmo teve com o casamento. Se aquilo tivesse ido adiante, se ele e a June tivessem tido uma filha, ela teria mais ou menos a idade dessa garota agora. E será que a filha deles teria se saído melhor que isso? Provavelmente não, levando em conta a influência da mãe. Na última conversa que Healy havia tido com June, ela havia quebrado o gelo do encontro de uma forma singular: "Jack? Eu estou fodendo com o seu pai".

Mais amendoins. Kitten reapareceu do lado de fora da casa alguns minutos depois, levando a bicicleta para a rua. Healy observou enquanto ela montava e saía pedalando. De dentro da casa veio o som de um chuveiro sendo ligado. Não queria esperar o cara terminar sua abluação (substantivo, lavagem do corpo de alguém, especialmente ritualística), então Healy avançou a passos largos até a porta de entrada, colocou a mão no bolso do casaco, tirou um soco inglês que estava guardando ali e o colocou nos dedos. Criavam um peso confortável na mão dele. Usou-o para bater na porta.

Uma pausa, depois passos se aproximaram do outro lado da porta. Healy escutou a cobertura do olho mágico sendo empurrada para o lado, colocou um sorriso cordial no rosto e abaixou a mão com a qual havia batido na porta para que ficasse fora do campo de visão do homem.

A porta se abriu parcialmente. O homem permaneceu imóvel, vestindo um roupão de seda vermelho, folgado e aberto até o umbigo. De perto, parecia até mais velho.

— Então você é o cara, né? — Healy disse.

O homem franziu o rosto.

— O quê?

Healy puxou o braço para trás e soltou um cruzado de direita que despedaçou a mandíbula do homem.

4.

No caminho de casa, com o soco inglês limpo e guardado de novo, Healy parou em uma faixa pavimentada ao lado da Mulholland Drive. Estava atrasado, quase vinte minutos atrasado, mas a nova cliente com a qual havia combinado de se encontrar não havia desistido dele. Ela estava sentada no banco do motorista do conversível vermelho da VW, esperando enquanto Healy estava se aproximando.

Ela tinha um cabelo tão longo, escuro e atraente quanto o de Kitten, e era quase tão bonita quanto ela, mas enquanto Kitten claramente não se importava com nada em sua cabeça de treze anos de idade, essa mulher tinha uma década a mais de conhecimento de vida e estava parecendo profundamente ansiosa. O que, é claro, fazia sentido após escutar a história dela.

— Eu acho que tem dois deles — ela disse, e lhe entregou um pedaço de papel pela janela. Era rosa e tinha o formato de uma vaca, com algumas palavras rabiscadas a caneta. — Eu só consegui o nome e a descrição de um deles. Eles têm falado com todos os meus amigos, perguntando onde eu moro. Sr. Healy, eu estou com medo.

Enquanto Healy examinava o pedaço de papel, a garota pegou um envelope da bolsa que estava no banco ao lado. Entregou-o a ele.

— Você vai cuidar deles? — ela perguntou.

Healy pegou o envelope.

— Considere isso feito.

— Obrigada — ela respondeu, e ele conseguiu escutar o alívio na voz dela. — Honestamente, eu já estou me sentindo melhor. Você... Você faz eu me sentir segura.

Healy sorriu e pensou sobre tudo aquilo de ser um investigador particular. Talvez. Algum dia.

— É o meu trabalho — disse, testando para ver o que achava daquilo, e se virou, abrindo o envelope enquanto o fazia. Parou por um momento, contando o dinheiro. Virou-se de novo. — É... Está faltando.

— Me perdoe...? Está o quê?

Ele levantou o envelope.

— Estão faltando sete dólares.
— Ah — a garota respondeu.
— É.
Ela começou a procurar na bolsa.
— Me desculpe... aqui, espera um pouco...
Porque ele não era altruísta, porra, por isso.

Palavra do Dia
Consanguinidade \koN-saN-gwi-ni-da-DE\, substantivo:
O estado de ser consanguíneo;
uma relação ou conexão próxima;
parentesco.

5.

A manhã encontrou Holland March dormindo e ainda vestindo todas as roupas da noite anterior, o terno de sarja azul, a gravata de seda e a camisa estampada. Estava submerso até o pescoço em água morna na banheira. Estava quente de verdade quando havia entrado, algumas horas após a meia-noite, mas havia esfriado desde então. Havia saído para beber e voltado sozinho para casa.

Acordou com o som da voz da filha vindo do alto-falante da secretária eletrônica, um dispositivo novo que havia colocado apenas na semana anterior e que eliminou a necessidade do serviço de atendimentos que havia usado até então. Eram quinze dólares por mês que podia parar de gastar. Holly estava dizendo algo por cima da gravação da voz dele, que estava recitando "Você ligou para Investigações March. Esta máquina grava mensagens. Espere o bipe e fale com clareza". O bipe soou. Então uma pausa. Depois Holly voltou a falar.

— Aqui é a sua filha falando — ela disse. — Quinta-feira, como você deve se lembrar, é o meu aniversário. Por favor, me dê um presente de acordo...

March colocou uma mão em cada lado da banheira e se levantou. Olhou para os dedos — enrugados. Muito, muito enrugados. E o que era aquilo na palma da mão dele? Olhou mais de perto. Escrito na mão direita com um marcador permanente, a caligrafia não era familiar, mas era feminina:

Você nunca vai ser feliz

— ... além disso, espero que você não tenha esquecido que deveria estar trabalhando hoje. Porque, você sabe. Contas.

March escutou o telefone fazer um barulho de clique. Depois outro bipe e o zumbido da fita cassete avançando.

As têmporas dele estavam latejando.

Trabalho.

É.

Começou a desabotoar a camisa ensopada.

As filas nos postos de gasolina eram boas para uma coisa: davam-lhe tempo para se inteirar das notícias. No rádio da sua Mercedes conversível acabada, uma repórter estava no Show de Automóveis de L.A. entrevistando um representante industrial chamado Bergen Paulsen, que claramente queria apenas falar besteiras com ela sobre as novas marcas e modelos que mostrariam no grande evento da noite de abertura, mas ela queria dar uma de Woodward e Bernstein fundidos em uma só pessoa, alvejando-o com perguntas sobre emissões de gases e controles de poluição e blá blá blá. Enquanto isso, o jornal que March havia pegado enquanto saía de casa estava informando o progresso das abelhas assassinas que supostamente haviam vindo da América do Sul para acabar com a vida como conhecemos. Aquelas merdas daquelas abelhas supostamente estavam vindo há anos agora, os jornais estavam assustando as pessoas com aquilo desde quando Nixon era presidente, e alguma delas deu as caras, sequer uma só? A poluição pelo menos era visível.

March olhou para a nuvem de poluição.

É, ela estava pairando sobre a cidade como se fosse uma colcha que havia passado anos demais sobre a cama de um fumante. Era só olhar para o ar e o imaginar entrando nos pulmões para ficar enjoado. Pelo menos ele não podia mais sentir o cheiro dela desde quando aquele escroto que estivera seguindo no verão passado lhe havia dado um golpe na parte de trás da cabeça com uma tábua cravejada de pregos enferrujados. Será que aquilo se devia à ferrugem ou apenas à concussão? Os médicos não sabiam. Será que o olfato dele voltaria algum dia? Talvez. Enquanto isso, a poluição não fedia, nem a gasolina pela qual todos estavam na fila, mas sabe o quê? Também não sentia o cheiro de rosas, e a esposa dele estava morta. Então.

March colocou a mão embaixo do banco da frente, pegou um barbeador elétrico móvel, o presente que Holly havia lhe dado no último Natal, e o ligou. Foi para o trabalho com a barba por fazer, deixando o barulho do motor afogar a buzina dos carros ao redor enquanto avançavam lenta e raivosamente em direção às bombas de combustível. Um pouco à frente, perto do começo da fila, dois motoristas haviam saído do carro e estavam gritando um com o outro. Punhos estavam sendo lançados contra rostos. Seria possível pensar que, com a crise energética em curso, as pessoas economizariam as próprias energias. Talvez até se unissem ou algo do tipo. Ajudassem os companheiros de espécie. Mas não. As pessoas ainda eram maldosas, e mesquinhas, e impiedosas. E isso também era bom nas contas de March, porque se isso mudasse em algum momento ele ficaria sem trabalho.

Do jeito que estava, quase metade dos seus negócios havia acabado, resultado da implementação do divórcio sem culpa na Califórnia. Não era mais necessário ter fotos do marido comendo a secretária, nem da esposa fodendo com o leiteiro, ou você sabe, vice-versa, para que o juiz deixasse o casal desistir do casamento. E simplesmente assim, metade dos policiais particulares da Califórnia estava sem trabalho. Provavelmente aquilo estava levando a mais alguns divórcios, que eram mais fáceis agora, então, aí está, um lado positivo. Mas o importante era que, se você quisesse viver de investigações particulares naqueles dias, você tinha que lutar por isso. Era por isso que March havia se tornado um visitante tão frequente do lugar onde havia conhecido Lily Glenn, a casa de aposentadoria Mundo do Lazer, onde o amigo dele, Rudy, cuidava da segurança. Rudy ficava feliz de custear as apostas fracassadas que fazia em cada pangaré que corria no hipódromo de Santa Anita com os dez por cento que March lhe oferecia por cada vez que um dos residentes o contratava para encontrar um cônjuge sumido ou algo do tipo. Era um trabalho fácil. Na maior parte das vezes, o cônjuge perdido era encontrado em uma urna sobre a cornija, após o falecimento dele ter sido convenientemente esquecido pela esposa amorosa casada há cinquenta e sete anos.

E talvez o momento em que a sra. Glenn havia visto a amada sobrinha, escrevendo em casa vários dias após sua morte em um acidente de carro, fizesse parte dessa categoria. As pessoas viam o que queriam ver, especialmente quando estavam tomando quatro ou cinco remédios prescritos e observavam o mundo através de óculos bifocais. Seria bem fácil para March produzir um relatório dizendo que havia entrado no assunto, conduzido uma investigação completa e, não, a Misty não está mais entre nós, sinto muito. A sra. Glenn iria chorar bastante com aquele desfecho, e os honorários do serviço pagariam o próximo voo da imaginação de Rudy nas pistas de corrida, as contas da lavanderia do terno azul de March, e talvez até um presente de aniversário para Holly. Um bom dia de trabalho para todos.

Porém.

Porém — às vezes as pessoas não estavam só vendo coisas, até velhos, até mesmo velhos com a visão ruim. E o fato era que, sabe aquela placa que ela havia devidamente anotado? Era uma placa real, registrada a um carro real, e quais eram as chances de ela conseguir tirar uma coisa daquelas da bunda enrugada dela?

O que deixava March em um dilema dos infernos. Especificamente, ele iria sair no rastro dessa tal de Amelia Francine Kuttner e do carro misterioso dela e perguntar o que é que ela estava fazendo na casa da falecida? Ou iria dizer foda-se e voltar a dormir, numa cama de verdade dessa vez, ou na própria ou, de preferência, na de uma mulher com a persuasão feminina?

Se fosse mais tarde, seria uma questão de cara ou coroa. Mas ainda estava cedo, e os bares ainda iriam demorar para abrir, e mulheres não apareceriam neles por ainda mais tempo, e ele havia pegado o dinheiro de Lily Glenn, não que aquilo quisesse dizer muita coisa, mas queria dizer alguma coisa, talvez. E merda, estava curioso agora. O que é que essa tal de Amelia estava fazendo na casa de uma atriz pornô morta?

Finalmente chegou ao começo da fila do posto de gasolina e tomou uma decisão da qual se arrependeria pelo resto da vida.

A placa havia levado a um endereço (obrigado, oficial Mulroney), uma parada na área oeste de Hollywood, onde subiu um lance de escada para entrar em uma loja de *doughnuts* que insistia em grafar suas mercadorias como "DONUT", o que March odiava para cacete. A forma como chamavam, não os *doughnuts*. Os *doughnuts* estavam bons, ele comeu alguns e chamou aquilo de café da manhã, depois voltou para a rua.

Olhou para a esquerda e para a direita antes de se ajoelhar em frente à porta de Amelia e espreitar pela fechadura para ver se era do tipo simples que sabia como abrir. Acabou que era de um tipo mais simples ainda, que podia abrir simplesmente girando a maçaneta. Dentro da casa, tudo o que tivesse a possibilidade de ser roubado claramente já havia sido. O lugar estava praticamente vazio. Um colchão jogado sobre o piso estava sem forro, nem cobertor, nem travesseiro. Mesmo assim, March sentiu uma breve tentação de deitar ali. Mas seguiu adiante.

No banheiro, havia uma escova de dentes solitária na borda da pia. A cozinha estava vazia, exceto por uma geladeira enferrujada que estava zumbindo em um dos cantos. Checou o compartimento do freezer, porque, nunca se sabe, é conhecido que algumas pessoas guardam objetos de valor nas fôrmas de gelo, mas aquela garota não fazia isso. O que ela tinha era um pote intocado de passas ao rum da Baskin-Robbins, do qual March roubaria um pouco, mas não havia nenhuma colher.

Aquilo era tudo, três quartos, nenhuma mobília que valesse a pena citar. O *closet* estava vazio. Não havia nada nas paredes. Estava atravessando a porta para sair quando uma ideia lhe veio à mente e voltou até o colchão, levantando-o pelo canto.

Primeiro, pensou que o pequeno retângulo grudado à parte de baixo do colchão fosse uma etiqueta, mas ele se soltou e veio voando até pousar como se fosse uma folha no outono. Um cartão de visitas.

March o pegou.

a conexão erótica, lia-se em letras borbulhantes e alegres, num papel reluzente e estampado. E, escrito a caneta na parte de trás, Ter 6pm.

6.

Acontece que March sabia de uma ou duas coisas sobre a Conexão Erótica.

Quando ainda fazia parte da polícia, com rostinho de bebê e na faixa dos vinte, havia feito um passeio pela faixa de Santa Monica, onde ficava o Pink Pussycat. Alice Schiller tomava conta do lugar, e antes de pensar coisas ruins de Holland March por dar uma passada lá para tomar uma bebida e conversar alegremente no fim de um longo turno de trabalho, lembre-se que todo mundo em Hollywood costumava ir lá uma hora ou outra. A porra do Sinatra ia lá. Lá não era uma casa noturna de quinta. Era pelo menos uma casa noturna de terceira ou de segunda, e Alice cuidava do lugar como a matriarca do covil e a sedutora e a presidente e a fofoqueira, tudo junto. Ela fazia a bebida continuar vindo e as garotas se manterem na ativa. Trouxe até a mãe do Lenny Bruce para dar aulas — em letras enormes pintadas bem na parede do estabelecimento, lia-se

Pink Pussycat
faculdade de strip-tease
ol 4 - 0280

e se uma garota discasse esse número, estava inscrita para receber uma educação melhor do que a que receberia nos institutos de Scripps ou Mount St. Mary.

Agora, quando uma garota completava o programa, esperava-se que ela colocasse as novas habilidades e conhecimentos em ação a favor de Alice — a não ser, é claro, que encontrasse um marido no estabelecimento, isso era outra história, então Alice iria estourar uma garrafa de champanhe e todas as garotas celebrariam a boa sorte dela. Mas ela não devia simplesmente juntar as coisas que tinha e ir até outra casa noturna a alguns quarteirões de distância, e certamente não devia levar três das outras garotas de lá quando fizesse isso.

E foi isso o que Betty Bramden havia feito quando um namorado dela decidiu abrir o Blue Bird Club, uma versão menos sofisticada do mesmo conceito. Menos 1940, mais 1960; menos burlesco, mais Verão do Amor. Mas era o Pink Pussycat do começo ao fim em todos os aspectos que importavam, e Alice não estava ganhando nada com aquilo. Ela não estava enchendo os canecos dos vários amigos policiais que tinha ao seu lado durante todo aquele tempo para nada, e deixaria bem claro a todos que estava bem preocupada com os novos elementos que o Blue Bird estava trazendo para a vizinhança, figuras ruins, do tipo que entra em brigas no estacionamento após o final do expediente, e aquelas coisas que ela viu jogadas na sarjeta eram agulhas?

Realmente, eram agulhas, e March sabia disso porque fora ele quem as havia jogado ali. Só um punhado delas, mas o bastante para dar volume a um envelope de glassine com o logo do DPLA e levar o namorado de Betty Bramden algemado.

De um jeito ou de outro, o Blue Bird fechou dentro de um mês, e embora ele nunca tenha conseguido ter cem por cento de certeza de que Alice sabia o que ele havia feito por ela ou se aprovaria caso soubesse, ele não disse não quando, durante a abundância de contentamento no dia em que o Blue Bird fechou de vez, ela o havia apresentado a uma garota chamada Ruth Dubitsky, que dançava sob o nome de Boca de Veludo Lamarr e se provou merecedora do nome quando a porta do camarim fechou por trás deles.

E o que é que isso tem a ver com a Conexão Erótica, você pergunta.

Bem.

Alguns anos na prisão e o namorado se transformou em um bom prisioneiro advogado, e nunca deixou de alegar, em inúmeras cartas destinadas ao escritório da promotoria, aos jornais e a qualquer um que escutasse, que haviam armado para ele. Uma hora conseguiu um jeito de cancelar sua condenação, e embora ninguém jamais tenha dito a March que o distintivo dele estava em xeque por causa daquilo, o fato era que March havia sido um policial em um momento e agora não era mais, e o namorado havia sido um rato de cadeia e agora não era mais. Seria fácil pensar que, após essa experiência, o cara fosse procurar outro ramo de trabalho, mas, pau que nasce torto... Ele abriu uma nova casa noturna a apenas alguns quilômetros de onde o Blue Bird havia funcionado, atualizou a decoração para ser menos Verão do Amor e mais Prazer do Sexo, e lhe deu o nome de Conexão Erótica.

7.

Era por isso que March não queria ter nenhuma ligação com o lugar.

Porém — não se acha um cartão de visitas no apartamento vazio da mulher que se está procurando, um cartão de visitas com algo escrito, e simplesmente o joga fora e dá o dia por terminado. Não se essa pessoa for um detetive particular. Existem várias maneiras de se ganhar a vida, várias maneiras melhores do que se tornar um detetive particular, e ele não havia escolhido nenhuma delas. March não era do tipo filosófico e não encheria os ouvidos dos outros com histórias como algumas profissões não são escolhidas, mas elas mesmas escolhem seus profissionais, pelo menos não sem antes tomar um monte de bebidas; mas a simples verdade sobre o assunto era que o tipo de pessoa que tira a licença de investigador particular não poderia ignorar aquele cartão de visitas depois de encontrá-lo da mesma forma como não poderia ir sapatear no Grand Canyon.

Assim, por mais que fosse esperto, por mais que fosse desconfiado, March seguiu em direção à Conexão Erótica. Era uma da tarde quando chegou lá e as portas estavam abertas, embora não houvesse clientes no lugar. March havia observado um pouco do outro lado da rua, através da janela de uma farmácia, mas não podia ver o que estava acontecendo lá dentro, é claro, então tudo o que podia afirmar com certeza era que ninguém que conhecia havia entrado ou saído do estabelecimento nos últimos quinze minutos.

Atravessou a rua vigorosamente, abriu a porta e entrou.

Os olhos dele levaram um minuto para se ajustarem. O bar era de um estilo moderno, elegante, todo cromado e de vidro, com grandes alto-falantes de madeira pendurados no teto e um globo espelhado girando preguiçosamente logo acima deles. Os pisos foscos e quadrangulares da pista de dança eram iluminados por baixo, e ficavam piscando constantemente. Não havia nenhuma música tocando, e as únicas garotas à vista eram as que estavam pintadas nas paredes.

— Vai beber o quê? — Isso veio do *barman*, que continuou limpando o balcão com um pedaço de pano.

March pediu uma cerveja e foi direto ao assunto logo depois de tomar o primeiro gole.

— Você conhece uma garota chamada Amelia? Amelia Kuttner?

A pergunta foi respondida por um olhar vazio.

— Ela é uma de cabelo castanho, mais ou menos dessa altura...? — March levantou a mão próximo à altura do queixo do *barman*. — Cabelo até aqui...? — Até então, poderia estar descrevendo Misty Mountains, mas era exatamente aquilo que deveria fazer, não era? A tia não havia confundido aquela garota com a sobrinha sem motivo. É claro, a tia não a havia visto de frente. Havia chances de que Amelia não tivesse todos os mesmos traços físicos de Misty, porque quantas mulheres tinham? Mas a tia havia definitivamente dito cabelo escuro, dessa altura. — Mora na vizinhança, ou costumava morar, de qualquer jeito? — Nada. — Talvez tenha encontrado alguém aqui na terça passada, ou na terça anterior? Em alguma terça...?

O *barman* fez que não com a cabeça. Até então, as únicas cinco sílabas que ele havia dito foram as que perguntaram a March o que queria beber. Pelo que sabia, o homem não falava inglês e as havia aprendido foneticamente. Talvez ele só entregasse a mesma cerveja sempre independentemente de qual havia sido o pedido.

— Posso mostrar uma fotografia pra você...?

— Amigo — uma voz disse, e uma mão pesada pousou no ombro de March. — Bebe a sua bebida e deixa o cara fazer o trabalho dele, está bem?

March se virou no banco do bar, seguiu a linha do braço do homem até o ombro, até a lapela grande do paletó branco e antigo, até o colarinho vinho da camisa de seda, e de lá para o queixo e os lábios e o nariz e os olhos dele. Sentiu como se estivesse juntando as descrições de um perfil, como se estivesse fazendo um retrato-falado. Chegou até a pequena tatuagem azul de uma cruz embaixo do olho direito dele antes de reconhecê-lo subitamente, e percebeu que também foi reconhecido no mesmo instante.

— Você...

Qual dos dois disse aquilo? Ambos disseram. E o homem apertou o ombro de March com mais força.

March ficou tenso, começou a dizer algo, mas se viu impelido para a frente, com o peito pressionado contra o do outro homem e o ouvido próximo aos lábios dele.

— Depois de todo esse tempo — Marcus Breydo continuou. — Todos esses anos. Você entra no meu bar.

— Ham — March respondeu, e desejou que estivesse com uma arma. — Quanto a isso...

— Shh — Breydo o interrompeu. — Está tudo bem. Eu também encontrei ele.

— Quem?

— Jesus Cristo — completou o antigo namorado de Betty Bramden, o empresário inveterado de casas de *striptease*, soltando o torso de March, recuando, e apontando dois dedos na direção da tatuagem. — Eu renasci no sangue Dele, irmão. Eu implorei o perdão de todos os homens que eu prejudiquei, assim como perdoei todos que me ofenderam. Todos nós somos pecadores. — Olhou para March com um olho entreaberto. — Foi por isso que você me procurou, não foi?

— Aleluia! — March respondeu.

Depois disso ele ficou para tomar uma bebida e teve que escutar sobre a conversão de Breydo, que parecia ter envolvido uma combinação de versos bíblicos e musculação no pátio. Para não mencionar o alfinete de segurança mergulhado em tinta de caneta que lhe deu a marca permanente da irmandade. March concordou bastante com a cabeça e tentou não parecer com uma criança que está passando o domingo na escola e preferiria estar brincando com os amigos na rua.

— Então, vai lá, cara — Breydo finalmente disse, — me pergunta o que você veio me perguntar.

March abriu a boca. Fechou. Abriu de novo.

— Vai lá — Breydo insistiu.

— Você, — March começou, — você, ham, me perdoa?

— Perdoo, irmão. Perdoo. Perdoo, sim. Eu perdoo você, sim.

E então se abraçaram de novo, e durou tempo o bastante para March precisar se soltar dele de verdade. Mas, cavalo dado, dentes. Deixou o outro tomar a iniciativa.

— Posso perguntar outra coisa pra você? — March perguntou quando o dono do clube de *striptease* finalmente o soltou.

— Pode, irmão. Pode. Me pergunte qualquer coisa.

March tirou a foto dobrada do bolso.

— Você conhece uma garota chamada Amelia...?

8.

Ele conhecia.

Reconheceu a garota pela descrição, lembrou-se de ter escutado o nome dela. Havia estado ali há uma semana, na terça, para encontrar um homem que trabalhava com filmes, um cara chamado Rocco, na área de distribuição dos negócios. Filmes obscenos, coisas pesadas de verdade. Não era um cristão que nem eu e você, irmão. Ainda não, pelo menos. Certo? A graça de Deus vem a todos nós em seu devido tempo.

March concordou com a cabeça. Estava ficando bom naquilo.

Eles estavam conversando sobre alguma coisa, algum projeto — não que estivesse escutando, eles que não estavam falando muito baixo, entende?

— Um projeto de filme? Um filme pornô...?

Breydo fez que não com a cabeça.

— Eu não sei, era confuso. É, tinha um filme, alguma coisa sobre um filme, mas também alguma coisa política, talvez alguma coisa a ver com rádio? Ela ficou falando o tempo todo de fazer alguma coisa no ar.

— No ar?

— Foi isso que ela disse. Ela e essas outras pessoas. Ela perguntou se ele queria conhecer o grupo dela, disse que eles iam se encontrar mais tarde.

Breydo sabia onde...?

Isso o havia levado até ali, ao Iron Horse, no mesmo CEP da Conexão Erótica mas de uma estirpe totalmente diferente. Não tinha nenhuma mulher pelada nas paredes dali. Era um estabelecimento de bebidas, e as pessoas de lá (e sim, estava relativamente cheio já no começo da tarde) eram bebedores estabelecidos. Era um bar de trabalhadores e sem frescuras, embora houvesse um *campus* de universidade por perto, e como uma concessão à população de estudantes dali havia um quadro de avisos lotado logo na entrada, cheio de papéis mimeografados promovendo shows e bandas e protestos e o que mais fosse da região, todos presos na cortiça com tachinhas. March folheou algumas camadas. No ar, no ar... Puxou um panfleto, dobrou-o, colocou-o no bolso e seguiu bar adentro.

O *barman* do Iron Horse parecia ter sido um brigão um dia, mas isso foi antes de conseguir um emprego que lhe dava acesso a bebidas gratuitas. Estava vestindo uma camisa cor de salmão aberta, dando à barriga uma chance de respirar.

— Eu acho que me lembro dela — ele disse, inclinando-se à frente com os punhos carnudos. — Amelia. Ela esteve aqui há umas três, quatro noites. Com um cara alto? Eles ficaram sentados ali um pouco, esperando os amigos aparecerem. Beberam martínis com uísque. — As últimas palavras foram ditas com um indício de repugnância.

— Nojento — March respondeu, embora nunca houvesse provado aquela bebida. — Era o cara que estava pagando?

— Ele pagou algumas, ela pagou algumas.

— E por acaso eles pagaram com cartão de crédito?

Os punhos carnudos se ergueram do balcão e se transformaram em braços cruzados sobre o peito do homem.

— Como se eu fosse pegar os recibos pra você. Tem chance pra caralho disso acontecer.

March colocou a mão no bolso e mostrou uma nota de dez dólares dobrada. Estava dobrada para que parecesse uma pequena camisa de origami. Às vezes ajudava a fazer as pessoas rirem um pouco.

— Isso é muito bonito — o *barman* disse.

— Eu mesmo fiz.

— É mesmo? — o *barman* perguntou. — Eu fiz isso aqui. — E tirou de baixo do balcão um bastão de madeira entalhado. Parecia um da Louisville Slugger, só que mais pesado.

March concordou com a cabeça e guardou a nota de volta no bolso.

Mas quem não tem cão caça com gato, como a mãe de March sempre dizia. O que o incomodava bastante, na verdade. Ela usava demais aquela expressão. Mas aqui ela se aplicava. Enfim. Se havia recibos de cartão de crédito que pudessem revelar um outro endereço de Amelia, ou desse tal de Rocco, ele precisava colocar as mãos neles.

Então: ele estava agachado no beco atrás do Iron Horse, ao lado de uma caçamba de lixo que imaginava estar fedendo, mas foda-se, não sentia cheiro de nada mesmo. Ficou esperando as luzes se apagarem e o barulho do portão de metal da entrada. Finalmente o escutou, depois ouviu passos se afastando, e então March e a porta dos fundos ficaram sozinhos sob o céu noturno.

A maçaneta não girou dessa vez, ter esperanças de que girasse seria um exagero, mas havia um painel de vidro na porta sem nem mesmo um gradeado para reforçá-lo, e March calculou que não seria muito difícil quebrá-lo. Era isso que se fazia na TV, não era? March olhou dentro da caçamba de lixo, pegou um pedaço de pano que não parecesse sujo demais e começou a enrolá-lo em volta das dobras dos dedos. Percebeu as palavras escritas na mão dele de novo, Você nunca vai ser feliz, mais apagada do que estava de manhã, mas ainda lá. Espere e verá, querida. Vou receber outro bônus no pagamento. E então bateu o punho enrolado contra o vidro.

Nenhum alarme soou, o único barulho provocado pelo golpe foi o tilintar de cacos de vidro caindo no chão. Essa era a parte em que deveria colocar o braço pelo buraco, girar a maçaneta por dentro, abrir a porta, encontrar a caixa de recibos atrás do balcão, folheá-los sob a luz da caneta-lanterna que tinha, pegar os dois que queria, talvez murmurar Bingo baixinho, sair, limpar a maçaneta e voltar correndo para o quartel-general da March Investigações, vulgo casa. Mas sentiu o pulso doendo.

Olhou para baixo. Estava sangrando.

— Ah, merda. Merda! — Pressionou dois dedos da outra mão sobre o pulso.

O sangue estava escorrendo em volta deles.

— Ai, ai, ai. — Tirou o retalho do punho e o enrolou em volta do pulso. Ele ficou encharcado instantaneamente. — Uou. Ai. Uou. Muito sangue. Muito sangue. Ok. Ok.

Olhou em volta no beco e cambaleou. Estava se sentindo tonto.

Meu Deus do céu, aquilo era muito sangue.

Mudou a forma como estava segurando o pulso, e literalmente um jato de sangue esguichou para cima.

— Ok. Ai. Espera, espera. Ok. Ok.

Estava balançando na área de um pequeno círculo. Ou talvez estivesse apenas sentindo como se estivesse. Os olhos dele começaram a ficar trêmulos. Havia sangue por todo o lugar.

O fim do beco não estava tão longe, estava? Como é que podia estar tão longe?

Pés.

Vamos lá.

Jesus.

9.

Voltou a si dentro de uma ambulância, com uma máscara de oxigênio presa no rosto e a sirene gritando.

Estava sentindo a maca batendo nas laterais da ambulância por baixo de si enquanto corriam em zigue-zague em meio ao tráfego.

O pulso ainda estava doendo.

Havia uma médica curvada sobre ele, uma latina pequena que parecia um bujão de gás, gritando, mas as palavras pareciam estranhamente silenciosas, como se os ouvidos dele estivessem tapados com algodão.

— Preciso de duas unidades de sangue completo! Merda! Os batimentos cardíacos estão diminuindo! Fique comigo, fique comigo...

March não escutou mais nada. Por que deveria? Era dia de Ação de Graças, e o peru estava com um cheiro tão bom, tinha acabado de sair do forno, e as batatas-doce caramelizadas... De que forma uma inglesa como a esposa dele havia aprendido a cozinhar um jantar de Ação de Graças como aquele, não fazia ideia, mas ali estava, ela era uma mulher talentosa. E Holly havia soprado as velas do bolo dela, e do que é que você está falando, você está sentindo cheiro de gás?

E então apagou, que nem uma chama piloto.

10.

A noite estava quieta agora, provavelmente porque estava de manhã.

Quase nenhum carro estava passando pela estrada ao lado do hospital, e os poucos que estavam passavam assobiando quase em silêncio, o som dos pneus contra o asfalto lembrando o barulho de uma prancha de surfe no oceano.

March estava sentado na cadeira de rodas e esperou em silêncio enquanto a freira do hospital travava as rodas dela.

O táxi que chamou levou um tempo para aparecer.

Quando apareceu, a freira o ajudou a levantar.

O pulso dele estava com uma camada grossa de ataduras.

— Me diz uma coisa — a freira disse enquanto o conduzia até o táxi —, você está disposto a encontrar Deus?

Era engraçado, na maior parte dos dias ninguém falava com ele sobre Deus. Agora em um dia haviam aparecido Breydo e essa mulher.

Ele se esforçou para falar, com o cérebro ainda confuso devido a todos os analgésicos que haviam injetado nele.

— Eu... Eu ainda estou tentando encontrar a Amelia.

Afundou no banco traseiro do táxi e disse o endereço para o motorista. Saíram.

Quando chegou em casa, Holly estava lá, acordada, pronta para guiá-lo e o colocá-lo na cama. Era uma boa filha. Ele não a merecia.

*

Acordou onze horas depois, dolorido e cansado, ainda vestido, mas dessa vez na sua própria cama, não em uma banheira, nem em um beco, nem em um mortuário. A noite passada não havia sido exatamente um sucesso, mas... Tudo bem, fora um fracasso total. Mas havia descoberto algumas coisas que talvez se provassem úteis. Tinha uma ou duas pistas. Não tinha? Coçou o queixo com a mão boa, pensou se devia se barbear, pensou se devia voltar a dormir, decidiu que não estava mais com sono. Estava com o corpo cansado, mas não estava com sono.

Pelo menos as coisas pareciam estar melhorando. No sentido de que não estava morto. O braço iria ficar curado. Estava coçando mais do que doendo agora, o que devia significar que o pior havia passado, certo? A parte dele que sempre o prevenia contra o otimismo o preveniu contra o otimismo. Mas era difícil não pensar que havia passado pela pior parte e conseguido deixá-la pra trás.

Agora era só questão de encontrar a Amelia, e havia começado essa tarefa com o pé direito; então deveria descobrir qual era a ligação dela com a Misty e o mundo dos filmes pornôs, depois repassar essas informações pra senhora. Aí talvez tirar umas férias.

Escutou uma batida na porta da frente.

— Só um minuto — disse. — Quem é?

E do outro lado da porta, uma voz amigável respondeu:

— É o serviço de mensageiros, o Holland March está em casa?

Pelo olho mágico, viu um cara com um sorriso cordial parado ali na varanda.

— Oi — March disse, abrindo a porta, e Jackson Healy bateu com força no rosto dele.

Palavra do Dia

Equanimidade \E-kwaN-ni-mi-da-DE\, substantivo:
A qualidade de se estar calmo e com temperamento
constante; compostura.

11.

Healy arrancou a página do dia anterior do calendário de Uma Palavra por Dia (Vampiresco, adjetivo: que tende a drenar vitalidade, sangue, ou outros recursos) e olhou para a de hoje. Pensou por alguns momentos, depois disse:

— Ele respondeu às drenagens vampirescas na conta bancária deles com equanimidade. — Sorriu, satisfeito consigo mesmo, e foi fazer café.

O apartamento de Healy era pequeno, quieto, vazio. Espartano, diria-se. Essa havia sido a palavra do dia há um mês, e ele havia guardado a página, sentindo que ela o descrevia bem.

Na TV, um repórter estava repassando um alerta sobre a poluição — Estágio Dois, residentes aconselhados a não fazer exercícios desnecessários após as 6 da noite de hoje, motoristas encorajados a manter as janelas fechadas durante o caminho de volta para casa — e um olhar rápido pela janela lhe mostrou o porquê daquilo. Uma crosta grossa estava pairando sobre o Sunset Boulevard, e, embora o sol ardente estivesse trabalhando duro para queimar um pouco dela, não parecia estar fazendo muito progresso.

Healy pegou uma pitada de comida de peixe e jogou alguns flocos sobre a superfície do aquário de água salgada. Os dois ocupantes do tanque nadaram em direção à comida, começaram a mordiscá-la enquanto afundava suavemente.

O repórter havia continuado:

— Em outra reportagem, a polícia não descartou falha mecânica na morte da estrela de filmes adultos Misty Mountains, cujo carro foi lançado para fora da estrada na última terça-feira... — Healy foi se vestir.

O *closet* dele continha apenas um punhado de roupas — meia dúzia de camisetas lisas, duas camisas florais de botão, um casaco de couro azul. Escolheu a camisa que estava na frente da fila e deslizou o casaco por cima dela. O que é que estava esquecendo? O endereço. Encontrou o pedaço de papel em forma de vaca com as anotações de Amelia e o enfiou no bolso do casaco. Chaves? Aqui. Chapéu? Não. Apertou o interruptor, desligando tanto as luzes quanto o aparelho de TV, e saiu da casa, trancando-a após atravessar a porta. O soco inglês de latão reluziu sobre a TV, onde Healy o havia deixado.

Atravessando o Laurel Canyon em direção ao endereço no pedaço de papel, Healy notou os gramados vazios, a ausência de exercícios desnecessários. Quem queria estar a céu aberto com um ar desse jeito? Não que as pessoas fizessem muitas caminhadas em L.A., mesmo nos raros dias em que a poluição estava suportável. Mas em um dia como hoje? Havia uma garota nova, de uns doze, treze anos — por volta da idade de Kitten, mas aquela parecia uma criança de verdade, não uma aspirante a prostituta —, caminhando com um livro enorme embaixo do braço, e Healy se lembrou dos próprios tempos de escola primária. Nunca havia sido um leitor assíduo, mas havia taco, polícia e ladrão, lançamento de dardos com canivetes e vários outros motivos para se brincar ao ar livre. Isso havia sido no Bronx, entretanto, na parte irlandesa, e eles não haviam inventado palavras como poluição ainda. Batiam em você quando ia à mercearia e na volta o roubavam, mas pelo menos era possível respirar a porra do ar.

Healy parou num sinal de trânsito bem na hora em que ficou vermelho. Sem nada para fazer, observou enquanto a menina se aproximava de um terreno vazio entre duas casas, serpenteava por baixo da cerca de arame que deveria manter o terreno vazio, e cuidadosamente andava dez passos em uma direção, depois seis em outra, depois três para trás, como se estivesse seguindo o mapa de um tesouro. Uma parte dele estava esperando vê-la sacar uma pá minúscula e começar a cavar, mas tudo o que ela fez foi se jogar no chão, abrir o livro e começar a ler em voz alta. Criança estranha. Alguém buzinou atrás dele, e Healy percebeu que o sinal havia aberto. Está bem, seu babaca, estou indo.

Poucos minutos depois, encontrou o endereço que Amelia lhe havia entregado e estacionou ao lado do meio-fio. Não era uma casa chique — meio acabada, na verdade, como se quem quer que morasse ali não ligasse muito para o lugar. Não que o retiro do próprio Healy fosse chique, mas pelo menos era limpo, ordenado. Espartano.

Ah, bem. Não estava ali para fazer julgamentos.

Caminhando até a porta da frente, Healy descobriu que havia deixado o soco inglês em casa. Por um segundo pensou em voltar todo o caminho para buscá-lo, mas isso seria uma estupidez. Podia resolver o assunto à moda antiga daquela vez. Deu alguns socos no ar para aquecer, pigarreou, colocou uma expressão de seriedade no rosto e tocou a campainha.

Holland March foi até a porta com a barba por fazer e olhos cansados, o pulso esquerdo enrolado com gazes, e Healy desferiu o golpe com um sorriso, confiante de que o soco inglês teria sido um exagero. Talvez até matasse March. Era bom usar a ferramenta certa para cada trabalho, e parecia que aquele cara poderia ser nocauteado por uma brisa.

De qualquer forma, o punho de Healy o nocauteou.

Ele entrou na casa, fechou a porta e ficou parado sobre March, que estava deitado e enrolado no chão da sala de estar. Healy esticou os dedos, lembrando subitamente que usava o soco inglês não apenas para maximizar danos, mas também para poupar o próprio punho. Mas é, né, não morreria por causa daquilo.

— Sr. March, — disse, com uma voz controlada e razoável, — nós vamos jogar um jogo.

Dê algum crédito ao cara, ele estava se esforçando para ficar de joelhos.

— Isso é um engano — ele estava dizendo —, eu acho que você entrou na casa errada...

Healy lhe deu um chute, bem no bucho, e ele caiu mais uma vez, sem nenhum ar nos pulmões.

— O jogo se chama "Cala a boca, a não ser que você seja eu".

March lutou para recuperar o fôlego.

— Eu... Eu amo esse jogo. — Colocou a mão sobre a mesa baixa e se impulsionou para ficar de pé.

Healy esperou até que March ficasse em pé de novo, então fingiu que ia dar um soco com o punho esquerdo. Quando March levantou os braços para se proteger, Healy desferiu um golpe de direita. Pou. E ele caiu de novo.

Enquanto March estava recuperando o fôlego, Healy olhou para a pilha de cartas sobre a mesa. Contas, um ou dois catálogos. Frederick's of Hollywood[1], há. Abriu uma carteira de pelica, olhou rapidamente os cartões nos bolsinhos de plástico. Diner's Club, Red Cross...

Healy assoviou baixo. Agitou a carteira na direção de March.

— Você é um investigador particular?

March conseguiu se arrastar até a parede mais próxima e ficar sentado, segurando o estômago.

— Aham.

— Eu tenho pensado em fazer isso também, talvez um dia...

— Você tem talento pra isso — March respondeu. — Olha... tem só vinte pratas aqui. Leva.

— Eu sou um mensageiro — Healy contestou. — Não um ladrão.

---

1 N. T.: Catálogo de roupas íntimas femininas.

— Não seria um roubo — March insistiu. — Eu ofereci.

— Bem, não seria certo — Healy disse, colocando a carteira sobre a mesa de novo. Aproximou-se de March, olhando a sala ao redor enquanto o fazia. O lugar não era chique, mas era bem aconchegante por dentro. Uma boa mobília, parecia de boa qualidade, não era daquelas merdas de compensado que todo mundo estava comprando. Bugigangas de latão nas paredes. — Você tem dinheiro pra viver assim com um salário de investigador particular?

— Que salário? — March perguntou, tossindo. — Eu como o que caço.

— Você deve caçar bem.

March estremeceu quando cutucou a barriga sensível com a mão boa.

— Eu aluguei isso aqui, está bem? Eu não comprei essas coisas. Nós pegamos o lugar mobiliado. Até voltarmos pra nossa casa. — Healy não disse nada. — É, eu consigo pagar por isso. Por alguns meses. — Juntou um pouco de catarro e cuspiu. Levantou a cabeça de novo. — Então? Qual é a mensagem?

Healy se agachou ao lado dele e o encarou da melhor forma que sabia.

— Pare. De procurar. A Amelia.

— Eu não estou nem procurando a Amelia! Eu, eu estou trabalhando em um caso, ela é só, tipo, uma pessoa que pode ajudar, cara, ela não é a pessoa que estou... — Healy pareceu confuso e um pouco impaciente. March viu a mão de Healy começar a se fechar de novo. — Ah, foda-se. Mensagem recebida. Parei. Espeta um garfo em mim. — Parou por um instante. — Não espeta um garfo em mim de verdade.

Healy se levantou.

— Está bem, sr. March. A Amelia vai ficar bastante feliz de saber que você entendeu a mensagem tão rápido. Isso vai fazer ela sorrir, isso é bom. — Pigarreou. — Agora. Tem mais uma coisa que eu queria perguntar pra você antes de terminarmos aqui.

March fechou os olhos. Sabia o que vinha pela frente.

— Você quer saber quem me contratou pra encontrar ela.

— Isso mesmo. Agora, a gente pode fazer isso do jeito fácil...

— O nome dela é Glenn.

— ... ou pode fazer do jeito difícil...

— O nome da minha cliente é Lily Glenn. Dois "n"s. É uma senhora, me contratou há alguns dias pra procurar a sobrinha dela. Não a Amelia, ela não é a sobrinha, é uma outra mulher, que está, na verdade, sabe, tipo... morta. Ou talvez não, já que a senhora disse que viu ela viva, mas estou achando que ela está morta mesmo, porque a polícia está dizendo que está com o corpo dela. Mas tudo é possível, não é? Enfim, é ela que eu estou procurando, e por quem eu estou procurando ela.

Healy ficou sem palavras.

— Mais alguma coisa...? — March cuspiu de novo, viu um pouco de sangue no cuspe. Apostava que sairia um pouco quando mijasse também. Levantou-se, lentamente, gemendo do começo ao fim.

— Você acabou de entregar a sua cliente — Healy disse.

— Bem. Eu fiz uma revelação discricionária...

— Não, você entregou ela, simples assim. Eu fiz uma pergunta simples e... — Healy imitou o movimento de uma boca com a mão. — Você me deu todas as informações.

— Eu pensei que era isso que você queria.

— Uma pobre velhinha paga um bom dinheiro a você e é assim que você trata ela?

March encolheu os ombros. Havia um balcão que separava a sala de estar da cozinha aberta e ele se apoiou ali com as duas mãos. Os olhos de Healy dispararam na direção do balcão, mas não havia armas sobre ele, nem mesmo uma faca de manteiga ou algo que pudesse ser jogado, a não ser que o pote de biscoito contasse. Que... era de cerâmica, meio pesado, melhor do que nada. Healy viu March deslizar a mão casualmente na direção do pote. Desesperado. Triste, na verdade.

— Ah... — Healy disse como aviso, e levantou uma mão para se defender caso March tentasse jogar a coisa nele. Mas March não jogou. Colocou a mão dentro do pote de biscoito e dele tirou uma pistola: .38 special, com punho de madeira e cano curto. Ele a levantou, mas Healy o levou ao chão com um cruzado preguiçoso de direita na mandíbula. Pegou a arma da mão de March quando ele caiu e a jogou para um canto. March caiu com a bunda na parede de novo.

Healy se abaixou, pegou-o pela gravata e a usou para bater a cabeça de March contra a parte de baixo do balcão. É, madeira de qualidade.

— Agora, sinto muito que você não tenha entendido a mensagem — disse, e soou realmente sentido, provavelmente porque de algum jeito estava de verdade.

— Eu também — March respondeu. Todo mundo estava sentindo muito. — Mas eu entendi agora. Entendi, saquei.

— É mesmo?

— É — March concordou, e então foi correndo pelo chão para o lugar onde a arma estava. Healy a chutou para longe bem na hora que os dedos de March encostaram nela. March deixou os olhos se fecharem e bateu a testa suavemente contra o chão.

— E agora? — Healy perguntou. — Entendeu a mensagem agora?

— Aham — March respondeu.

— Tem certeza?

— Aham. Entendi.

— Tudo bem — Healy disse. — Me dá o seu braço esquerdo.

— Não! — March apertou o braço com força contra a lateral do torso.

— Vamos lá, dá logo. — Healy se inclinou sobre March e torceu a mão enfaixada nas costas dele. — Você cortou os pulsos?

— Eu estou cuidando de um ferimento!

— Certo, olha só, — Healy continuou —, quando você conversar com o seu médico, só diz pra ele que você está com uma fratura em espiral no rádio esquerdo. Entendeu?

— Não, espera, — March gritou, — espera, Jesus, cara, para!

— Respira fundo — Healy disse.

March não respirou nem superficialmente, estava ocupado demais tagarelando, tentando convencer Healy a não fazer aquilo. Ah, bem. Algumas pessoas simplesmente não escutam.

Um estalo alto e March gritou.

12.

Fechando a porta ao sair e descendo os degraus da entrada, Healy viu a garota do terreno vazio vindo do outro lado, na direção dele. Estava com uma sacola de compras em uma das mãos e uma garrafa na outra.

Eles pararam, encarando-se, no meio-fio.

A garota sorriu.

— Oi. Quer um Yoo-hoo[2]? — Ela levantou a sacola e Healy escutou o barulho de vidro tilintando dentro dela.

— Um Yoo-hoo? — Pegou-se sorrindo também. — Você está de brincadeira? — Deu uma olhada dentro da sacola e tirou uma garrafa de dentro dela. — Olha só! Sabe, eu não vejo um desses há uns trinta anos.

— Você é amigo do meu pai?

— Aham. Aham, a gente é... sócio. Ele está lá dentro. Descansando. — Healy agitou a garrafa com força. Devia misturar o Yoo-hoo, lembrava-se, ou então a parte de cima ficava aguada. — Ei, foi você que eu vi se arrastando em um terreno vazio mais cedo?

— Talvez — a garota respondeu. — Eu leio lá de vez em quando.

Healy concordou com a cabeça. Tirou a tampa e tomou um gole grande. Entrou bem.

— *It's Me-he for Yoo-hoo*[3] — disse, depois se deu conta de que ela não ia fazer nenhuma ideia do que ele estava falando, já que era só uma bebê quando aqueles comerciais estavam passando. Céus, ela não devia saber nem quem era Yogi Berra[4]. Provavelmente só conhecia o urso do desenho.

— Bem — ele continuou. — Obrigado de novo.

---

2   N. T.: Achocolatado estadunidense antigo.
3   N. T.: Propaganda do achocolatado que brinca com a palavra "Yoo", parecido com "you" ("você", em inglês). Traduzido ao pé da letra, ficaria parecido com "De mim-im pra você-cê".
4   N. T.: Jogador de beisebol famoso entre os anos 1940 e 1960 que participava da propaganda citada anteriormente. O personagem Zé Colmeia (nos EUA, "Yogi Bear") supostamente foi inspirado nele.

A garota acenou e passou por ele, indo em direção à porta de casa enquanto ele abria o carro, um Chevelle.
— Ei — ele chamou de novo. — Qual é o seu nome?
— Holly March — a garota respondeu.
— Holly e Holland. Bonitinho.
— O meu pai queria um menino — ela acrescentou. — Se eu tivesse sido um menino, eu seria Holland Júnior.
— Tenho certeza que ele está feliz com o que tem.
Ela encolheu os ombros.
— Nem sempre.
Healy entrou no carro. Meio que queria dizer mais alguma coisa para ela, como O seu pai vai estar bravo ou Você vai precisar tomar conta dele. Mas tinha a sensação de que ela perceberia tudo aquilo. Parecia ser desse tipo de criança. Precoce.
Deu outro gole e foi embora com o carro.

Mais tarde naquela mesma noite, Healy podia ser visto arrastando duas caixas de papelão coloridas pela Sunset Boulevard, passando pela fila enorme em frente ao Comedy Store, entrando pela porta do público na frente do clube, passando pelo palco onde um comediante de cabelo encaracolado estava fazendo piadas sobre a mistura de gasolina e álcool, e então entrando em uma porta de acesso restrito atrás do palco, chegando à escada. Enquanto as arrastava, as caixas faziam o mesmo barulho de tilintar que a sacola de Holly March fazia, e pelo mesmo motivo. Yogi sabia do que estava falando quando apoiou aquele negócio. E Healy estava compensando décadas de tempo perdido.

O que, incidentalmente, era o motivo por ter parado de beber. Porque não era do tipo de pessoa que conseguia tirar uma provinha, apreciá-la e depois ir embora. Se bebesse uma colher de chá, ele bebia um galão, era simplesmente o jeito dele. E um galão de Yoo-hoo o deixaria apenas hiperativo e mijando a noite toda, não em um calabouço com um olho roxo, dedos sangrentos e um juiz dizendo "O senhor se lembra do que fez, senhor Healy?"

Healy estava tão preocupado pensando nesses assuntos que não percebeu, enquanto equilibrava as caixas em uma das mãos e colocava a chave na fechadura com a outra, que uma pessoa do clube abaixo havia subido a escada por trás dele. As pessoas faziam isso de vez em quando, caçando o banheiro, ou às vezes pensando que podia haver uma apresentação melhor no segundo andar. Pensamento positivo.

Virou pela metade para olhar para o cara, mais velho, negro, com óculos de marfim e um terno casual de três peças.

— Aqui não é uma área pública.

O homem apontou com a cabeça na direção da porta de Healy.

— Como assim, você tem, tipo, um apartamento aqui em cima?

— Se você está procurando o banheiro, é lá embaixo, na...

De repente a porta do apartamento abriu com tudo. Outro homem estava parado na entrada, mais novo, branco, com o cabelo castanho emplumado, óculos de aviador e uma jaqueta de couro preta. Estava com uma arma na mão.

— A gente está procurando a Amelia.

Atrás dele, o cara mais velho também sacou uma arma da parte de baixo das costas, uma .38 muito parecida com a de March. Tirou os óculos de marfim e os colocou no bolso.

— Eu não sei do que é que vocês estão falando — Healy disse.

— A gente vai ver se isso é verdade — o mais novo disse. E a arma fez um movimento rápido para cima, chocando-se contra a lateral do crânio de Healy e o fazendo cair como uma pedra.

Garrafas de Yoo-hoo se estilhaçaram no chão.

13.

Naquela parte de Pasadena, tudo fechava à noite, e a maioria dos carros ficava guardada nas garagens. Então Holly March estava se sentindo horrivelmente conspícua no banco do motorista do carro do pai, parado em frente ao complexo de aposentadoria Mundo do Lazer. Ainda mais porque tinha apenas doze anos de idade. Só até terça, era verdade; depois disso poderia pelo menos dizer que era uma adolescente. Mas tinha a sensação de que "Na verdade, senhor policial, estou prestes a fazer treze anos" não seria de muita ajuda caso fosse desafiada.

Não que a idade devesse ser o que importava. Tinha fortes convicções quanto a isso. Conhecia adultos que não deviam assumir o volante. O pai dela, por exemplo. Não era o mais confiável de todos os motoristas, para não dizer o menos. E não estava em nenhuma condição de dirigir naquele momento. O que ele devia fazer, chamar táxis pra levá-lo pra todos os lugares? Contratar um chofer que nem um magnata de Hollywood? Com que dinheiro? Enquanto isso, Holly dava todas as setas, era cuidadosa e responsável, e os pés dela alcançavam os pedais. Qual era o grande problema?

Olhou para o relógio de pulso. A mão grande do Mickey estava apontando para o nove. Quanto tempo levava para dizer "estou fora"?

Quando havia entrado em casa e encontrado o pai desmaiado no chão, gemendo de leve, primeiro havia pensado que fora um acidente. Aquele homem gentil não poderia ter feito aquilo — havia bebido um Yoo-hoo com ela. Mas quando o pai finalmente acordou, tirou a história inteira dele. Ela o fez prometer que iria falar com a cliente na mesma hora e abandonar o caso, assim que saíssem da sala de emergências. Ele estava mais do que disposto a isso. Não devia nem ter aceitado aquele caso, para início de conversa, ele disse.

Mas agora estava com a senhora há mais de meia hora, e isso não estava lhe passando um bom pressentimento. Era tão fácil convencê-lo das coisas, o pai dela. Especialmente quando havia dinheiro envolvido.

— Você realmente acha que ela ainda está viva? — ele lhe perguntou no caminho do hospital até ali.

— Quem?

— "Quem" — ela debochou. — A mulher que ela contratou você pra achar. A sobrinha dela.

— Não. O próprio chefe dos exames médicos identificou o corpo, pessoalmente.

— Ah, aposto que ele fez isso.

— O que é que você quer dizer com isso?

— Eu vi a foto que você está levando com você por aí.

— Você não deveria ver fotos que nem essa — March disse.

— Então não deixe elas espalhadas pela casa.

— *Touché* — March concordou.

E depois de percorrerem mais uma parte do caminho:

— Pai?

— Que foi?

— Todos os homens gostam de grandões que nem aqueles?

— Grandões o quê?

— "Grandões o quê". — Ela virou os olhos. — Peitos.

March manteve os olhos apontados diretamente para a frente, atravessando o para-brisas.

— Gostam — finalmente respondeu. — Todos os homens gostam.

Holly havia concordado com a cabeça, guardado a informação para referências futuras, continuado a dirigir.

Agora estava sentada no carro, junto ao meio-fio, e roendo as unhas. Checou o relógio de novo. Mais quanto tempo...

Então o viu voltando. Ele estava com a cabeça baixa e os ombros caídos. O gesso no braço refletiu uma luz branca quando passou por baixo de um poste.

Sentou ao lado dela no carro.

— Você largou o caso? — ela perguntou.

— Claro, aham — respondeu. — Caso encerrado.

— De verdade?

Ele não disse nada. Tivera a intenção de desistir. Havia tentado desistir. Então Lily Glenn sacou o talão de cheques.

— Posso fazer uma pergunta pra você? — March disse. — Me diz a verdade. E não pega leve comigo só porque eu sou o seu pai. Só... me diz diretamente. Eu sou uma pessoa ruim?

Que tipo de pergunta era aquela?

— É — ela respondeu.

March suspirou.

— Só dirige — ele disse.

14.

Healy bateu de cara na parede e deslizou até o chão. O homem mais novo, o com os óculos de aviador, a jaqueta e a arma, pairou sobre ele. Correntes de ouro brilhavam contra a camisa preta e dourada que estava usando por cima de uma gola rolê. O cara parecia que estava na merda de um desfile de moda.

No fundo da cena, o cara mais velho estava jogando tudo do apartamento para o alto. O que não era muito difícil, pois sabe quantas coisas Healy tinha? Um aparelho de TV, um aquário, um calendário. Nove camisas no armário, alguns garfos e facas e colheres. Uma lata de comida de peixe. O homem estava tirando as gavetas do lugar e derrubando o conteúdo delas no chão. Boa sorte. Não ia encontrar a Amelia ali.

O mais novo se agachou ao lado de Healy.

— Vou perguntar de novo pra você. Onde está a Amelia?

Healy se sentou. Viu um maço de cigarros jogado no chão, havia caído de uma das gavetas. Tentou alcançá-lo, mas o cara mais novo o mandou para longe com um tapa.

O som de risadas veio voando do clube embaixo deles. Aplausos.

Healy suspirou. O peito dele estava doendo.

— Eu gostaria de ajudar vocês... mas não conheço ninguém que se chama Amelia.

O cara mais novo se levantou, casualmente, calmo. Então com um movimento rápido puxou a perna para trás e chutou Healy com força, na barriga. Healy se dobrou e caiu para o lado, com ânsia de vômito.

Mais risadas vindas de baixo, uma enxurrada delas. Jesus, quem estava agendado para hoje, Redd Foxx?

Healy se forçou a ficar sentado de novo.

— Se você não falar — o cara disse —, vou ter que começar a quebrar os seus dedos. — Soltou uma gargalhada aguda, como as que estavam vindo do show lá embaixo. — Você está entendendo?

— Estou.

O cara mais velho chamou o companheiro, com a voz abafada pois estava dentro do *closet* de Healy:

— Ei, galã! Vem pra cá, encontrei uma coisa escondida no armário.

O mais novo atravessou o *closet* e voltou carregando uma mochila de lona pesada, que colocou sobre a mesa. Levou a mão em direção ao zíper.

— Ah, — Healy disse —, não abre isso, isso não é meu, pertence a um amigo meu, eu estou só tomando conta disso.

A mão do homem estava parada sobre o zíper. Um sorriso franziu o rosto dele.

— É uma daquelas mochilas, — Healy insistiu —, se você tentar abrir ela...

Mas o homem já havia pegado no zíper e puxado.

Uma nuvem de tinta azul irrompeu da mochila, cobrindo o rosto, o peito, o cabelo e as correntes douradas do homem.

— Filho da puta!

E, perfeitamente na deixa, a audiência da casa noturna abaixo soltou a maior onda de gargalhadas até então. Como se fosse a trilha sonora de uma série de comédia. Healy balançou a cabeça negativamente.

— Sabe, isso, ham... isso não vai sair.

O cara rosnou, encheu com selvageria as duas mãos com camisas de Healy e as esfregou pelo rosto inteiro. Deixou-as azuis. Não deixou o rosto branco.

Ele foi até o aquário e mergulhou o rosto na água.

— Ah, Deus, não faz os peixes nadarem nessa merda — Healy disse.

O homem tirou a cabeça do aquário e jogou água por todo o corpo, que estava tão azul quanto antes.

— É que nem aquelas cargas que botam no dinheiro em bancos — Healy continuou. — É feito pra ser permanente. Eu tentei avisar.

Ainda encharcado, o cara gritou.

— Você tentou me avisar...?

Foi até o tanque, pegou um dos peixes, levantou-o e o jogou do outro lado da sala. Bateu molhado na parede. Caiu no chão.

— Ei, ei, 'pera aí, o peixe não. Não faz isso. — Healy se virou para o homem mais velho, tentando lhe pedir ajuda. — Você pode por favor pedir pra esse cara agir que nem um profissional?

O cara mais velho apenas encolheu os ombros.

Healy se voltou para o cara mais novo, com a voz subitamente séria.

— Sabe, garoto... quando eu pegar essa arma de você, você vai virar jantar deles.

— Jantar deles? — O cara riu histericamente e se virou para o colega. — Esse filho da puta desse cara. — A risada terminou abruptamente. — Você é engraçado. Jantar. — Enfiou a mão no tanque de novo.

— Não faz isso — Healy disse. — Não faz isso.

— Vem cá, peixe... — Ele pegou o outro peixe, o vermelho grande e brilhante. Deu três passos largos e furiosos, com o peixe se contorcendo entre os dedos dele. — Você quer a porra de um jantar? Você quer um jantar? Eu trouxe o jantar. Aqui está. Come esse negócio, seu puto filho da puta! — Jogou o peixe no colo de Healy.

Healy se levantou. Foi um processo lento. A barriga dele estava doendo, e as costas, a cabeça. Colocou o peixe com cuidado no peitoril da janela mais próxima.

— Você tem que parar e pensar sobre isso. Certo? Quando você veio aqui hoje à noite, era isso que você estava esperando que acontecesse? O quê, você veio aqui pra me fazer comer um peixe? Pra atirar em mim?

Olhou fixamente nos olhos do homem. Era difícil deixar Healy com raiva, mas aquele cara havia conseguido.

— Olha só, se você vem aqui, bate em mim, desarruma a casa toda, eu entendo, eu compreendo, faz parte do trabalho, eu aceito isso. Eu já fiz isso. — Balançou a cabeça. — Mas o que foi que você fez? Você fez uma coisa diferente disso, não fez? Você me irritou. Você criou um inimigo. Agora, mesmo se eu soubesse de alguma coisa, eu não contaria pra você, garoto. Sabe por que eu não contaria pra você? — Enquanto estava falando, foi se aproximando do interruptor da luz. — E esse não é o meu único motivo. Mas é o motivo principal. Não, eu não contaria pra você, porque você é a merda de um imbecil.

O braço de Healy fez um movimento rápido, ligou o interruptor, e junto com a luminária no canto da sala, a televisão ganhou vida com o volume bem alto. Surpresos, os dois homens giraram, tirando os olhos de Healy por um segundo, o que foi o bastante para que Healy mergulhasse para o lado.

O garoto da cara azul virou de novo rapidamente, com o braço levantado, mirando no lugar onde Healy havia estado, próximo à janela. O dedo dele estava trabalhando mais rápido que o cérebro, e na hora em que percebeu que Healy não estava mais ali já havia puxado o gatilho. Um dos vidros da janela se estilhaçou — depois outra vidraça do outro lado da rua, e a mulher que estava parada junto à janela se jogou no chão uivando.

O cara mais velho pegou o mais novo pelo braço.

— Seu idiota filho da puta!

Agora, do outro lado da rua, estavam gritando.

Healy, enquanto isso, havia caído no chão. Ignorando a dor na lateral do torso, rolou por baixo da mesa até a cama. Com um movimento rápido, passou o braço por baixo da armação da cama e surgiu de joelhos com uma escopeta de cano duplo carregada e engatilhada e...

E a porta do apartamento estava balançando, os dois homens correndo dali.

Healy disparou uma vez, soltando farpas do batente da porta, mas eles haviam ido embora.

15.

Era quinta-feira, aniversário de Holly, e graças a Deus a pista de boliche havia derrotado o salão de beleza na escolha do lugar para a comemoração. March conseguia lidar com um grupo de garotas adolescentes usando sapatos feios e balançando bolas de boliche. Removedores de esmalte lhe davam dor de cabeça.

Além disso, serviam cerveja na pista de boliche.

Mas primeiro tinha que lidar com os sapatos feios. Todas as garotas estavam falando o número que calçavam ao mesmo tempo, e o coitado do filho da puta atrás do balcão não sabia nem por onde começar.

— Ei, ei, calma — March disse, levantando a mão. — Jesus Cristo, uma de cada vez, hein? Obrigado. Agora. Janet, número...?

Ao invés de responder, Janet comentou:

— Você usou o nome do Senhor em vão.

— Não, não usei — March contestou. — Eu achei útil. Cindy, você calça trinta e quatro...?

O resto da tarde ficou confuso na memória de March. Cuidou do braço ferido, descansando o gesso na lateral da mesa em que também estava descansando a cerveja. As garotas estavam guinchando, rindo, alegrando-se até não conseguirem mais. Ele não podia nem imaginar como ficariam animadas se conseguissem derrubar algum pino uma vez.

A cerveja continuou vindo, e a consequência também veio, e por isso March se viu no banheiro depois que a última rodada do último jogo havia começado e terminado sob um refrão de "Ahhhhh"s de corações partidos e foi só por pouco que se permitiu ser relutantemente convencido a pagar por apenas mais um jogo. Deixa elas aproveitarem. Deixa elas terem doze anos por mais um dia.

Então estava sentado na privada, cigarro entre os lábios, lendo a matéria da capa da nova edição da revista *Time* sobre aquele negócio de "Resfriamento Global", que até onde via estava junto com as abelhas assassinas e o Monstro do Lago Ness em termos de coisas para se ficar assustado, mas e daí, era algo para ler, quando um par de tênis de lona familiar surgiu à vista por baixo da porta do compartimento e parou, virado na direção dele.

Uma mão bateu na porta, uma, duas vezes.

— March? É o Jack Healy. Não se preocupe, não estou aqui pra machucar você.

Escutar aquela voz de novo foi o bastante para provocar uma pontada no braço quebrado de March. Fratura em espiral no rádio esquerdo...

Healy continuou:

— Eu só quero perguntar uma coisa pra você.

March abriu a porta do compartimento. Na hora em que ficou aberta o bastante para revelar Jackson Healy parado logo além dela, March já estava com a arma apontada para ele.

Healy não pareceu assustado. Talvez o gesso tivesse algo a ver com aquilo. Talvez fosse só difícil assustar alguém quando se está apontando a arma de dentro de um banheiro com as calças abaixadas até os tornozelos.

Mas devia jogar com as cartas que havia recebido.

— Você acha que eu sou tão estúpido assim? — March perguntou. — Hein...? Eu tenho licença pra portar armas, filho da puta. E desde a sua visitinha no outro dia... essa belezinha vai ficar bem aqui... — Apontou para o próprio peito com a mão da arma, e a porta do compartimento começou a se fechar. Ele a abriu de novo com um golpe.

O cigarro, que estava dependurado precariamente, caiu dos lábios dele. Pousou na perna. Ele se agitou de forma selvagem até que caísse no chão. A porta do compartimento começou a se fechar de novo.

Bateu nela mais uma vez. Começou a se levantar, mexendo a revista à sua frente com a mão ruim para preservar a própria dignidade e tentando puxar as calças com a mesma mão, merda de gesso. E tentando manter a arma apontada ao mesmo tempo. Não estava funcionando.

— Olha pra lá — March vociferou, e Healy se virou de frente para a parede.

— Você sabe que tem um espelho aqui, né? — Healy perguntou.

— Fecha os olhos — March disse. Brigou com as calças mais um pouco. Merda. — Tudo bem, sabe o quê? Esquece. Vira pra cá...

— Posso abrir os olhos?

— Aham, abre os olhos.

Healy fez aquilo, viu March em pé e desajeitado à porta do compartimento, com as calças ainda abaixadas, a edição da *Time* apertada contra a virilha, a arma enviesada e apontada para ele.

— O que é que você quer? — March perguntou.

Healy respirou fundo. Soltou o ar lentamente. Parecia envergonhado, e não só pela situação patética em que March estava, nem pelos joelhos cabeludos dele.

— Eu, é... — disse. — Eu quero que você encontre a Amelia.

*

Sentaram em uma mesa no restaurante da pista, com os olhos virados para o lugar onde as garotas ainda estavam jogando alegremente. Healy estava comendo um pedaço de torta de nozes enquanto March estava encarando um pedaço intocado de torta de maçã, digerindo uma caneca de café e a história que havia acabado de escutar.

— Então você acha que esses caras querem machucar essa garota, a Amelia?

— É claro — Healy respondeu entre mordidas. — Depois que terminarem de matar ela. — Matou o copo de refrigerante de gengibre. Eles não tinham Yoo-hoos. — Sabe, perguntei sobre você por aí. Algumas pessoas em quem confio disseram que você é bastante bom nisso.

— Bem, isso é uma surpresa, porque pensei que o seu trabalho tinha terminado quando você quebrou o meu braço.

— Bem, tecnicamente acabou. Não estou recebendo por isso. Essa é uma outra situação. Estou tentando fazer uma coisa boa, evitar que essa garota se machuque.

March fez que não com a cabeça.

— Eu não estou engolindo essa de cara bonzinho, amigo. Ela está devendo dinheiro pra você, não está? Você está fazendo isso pra cobrar? Você quer que eu diga onde ela está pra poder jogar ácido na cara dela...? Bem, não.

— Não — Healy respondeu —, ela me pagou adiantado, na verdade. Eu sempre recebo adiantado.

— Sério?

— É — Healy reiterou —, eu costumava deixar as pessoas pagarem depois, ou tipo metade antes, metade depois, mas desse jeito realmente tenho menos problemas.

— Imagino que sim. — March pensou sobre aquilo. — Talvez eu deva tentar fazer isso. — Tomou mais um pouco de café.

— É — Healy disse. — Talvez.

Encararam-se.

— Então o que acontece — Healy continuou, depois parou, procurando as palavras. O que era mesmo?

March ficou apenas encarando. Esperando.

— O que acontece é que... eu gosto do lugar onde moro. E realmente não queria ter que me mudar.

Healy jogou um maço de notas de dez e de vinte na mesa.

— Dois dias adiantado. Aqui tem quatrocentos dólares. Além do que a coroa está dando pra você.

March explodiu.

— Coroa? Vai se foder, coroa, você quebrou o meu braço, eu desisti do caso, lembra? — Olhou bem nos olhos de Healy. — Você disse pra eu desistir do caso, eu desisti do caso. — Era bem verdade, se ignorasse a parte em que ele se permitiu ser convencido a desistir de desistir do caso. Era algo que não estava sentindo muita vontade de mencionar, já que não queria ficar com dois braços quebrados.

Mas Healy o nocauteou com o que disse em seguida.

— Então liga pra ela, pega o caso de novo. Receba em dobro.

— Uau — March respondeu. — É assim que você trabalha? Quero dizer... Isso diz bastante coisa. Eu sou um detetive, e a gente tem um código. A gente não faz isso. Mas, interessante. É esse o seu nível? Ok. Bom saber.

— Então receba uma vez só, eu não me importo. Contanto que você encontre ela.

— Por que você precisa de mim pra começo de contas? — March perguntou. — Foi você que pegou dinheiro dessa garota. Você está me dizendo que não está conseguindo encontrar ela de novo?

— Eu nunca encontrei ela, nem da primeira vez. Ela que me encontrou. Eu sou professor de um curso de extensão...

March bateu a palma da mão na mesa que estava entre eles. Arregalou os olhos para Healy. — Não, você não é... santo Cristo. Eu pensei que você parecia familiar. Você é o "cara durão da vida real"?

Healy fez que sim, desconfortável.

— Você dá aulas disso! De como ser durão.

— Só de autodefesa, assertividade...

— E você precisa de mim...

— March, você é um detetive particular. Eu não sou. E você já estava procurando a Amelia, não estava?

— Bem... sim e não.

Healy disse:

— Me perdoe?

— A minha profissão é bem complicada, ok? Tem nuances.

Talvez aquela fosse a palavra do calendário dele algum dia antes do fim do ano. Mas não havia aparecido ainda.
— O que é que isso significa? — Healy perguntou.
March pareceu sério.
— É como se tivesse espelhos dentro de espelhos.
— De que merda que você está falando?
— Você se lembra do que eu disse pra você, que uma coroa me contratou pra encontrar a sobrinha dela, a Misty Mountains?
— Espera, Misty Mountains? A, a atriz pornô? A que morreu?
— A jovem — March o corrigiu. — A jovem do pornô. Mas é, ela morreu numa batida de carro, e aí dois dias depois a tia dela foi na casa dela, pra limpar o lugar, e eis que lá estava, viva e saudável: a Misty Mountains. Ela viu a sobrinha pela janela. Mas quando bateu no vidro e foi destrancar a porta, ela escutou a porta dos fundos abrindo, e na hora que entrou na casa a garota estava entrando em um carro. E zum, foi embora. A garota, não a coroa. A Misty.
— Isso é sacanagem.
— É sacanagem mesmo. Ela está morta, depois está viva? É disso que estou falando. É complicado pra cacete. — March acendeu um cigarro. — Mas estou perseverando. Sabe? Eu trabalho com isso. E acho que, talvez, uma garota tenha estado lá.
— A Amelia.
March concordou com a cabeça.
— A coroa viu a Amelia.
March fez um sinal de "bingo" com o dedo.
— Olha quem decidiu aparecer na aula.
— Então como foi que você achou o rastro da Amelia?
March desdobrou mais dois dedos.
— Três — Healy disse. Franziu o rosto. — Três o quê?
— Três dias — March respondeu. — Adiantados. Se você quiser saber o resto.
— Vai se foder. Fala sério. Seiscentos dólares? Isso é a porra de um assalto.
— É isso mesmo.
— Eu só tenho quatrocentos — Healy disse.
— Bem, está cedo, você pode ir roubar um banco se correr.
Por trás de March veio um bá-dum-bum e ele virou a cabeça, surpreso. Holly estava ali, empoleirada no canto da mesa. Ela bateu em pratos invisíveis com uma baqueta imaginária: Tsss.

— Deus, o que é que você está fazendo aqui?

Ela se sentou ao lado dele.

— Batendo bateria pra sua piada — ela respondeu.

— Tocando bateria.

— Tanto faz. Ei, a gente pode jogar mais um jogo antes... — A voz dela começou a sumir quando percebeu Healy ali, sentado do outro lado da mesa do pai, comendo torta. — ...Você é o cara que encheu o meu pai de porrada.

— Oi — Healy disse.

— Não — March contestou —, que bateu sorrateiramente no seu pai, tem uma grande diferença. Mas não se preocupe, ele só fez isso por dinheiro.

— Você enche as pessoas de porrada... e depois cobra? — Holly perguntou.

March fez que sim com a cabeça.

— É triste, não é, querida? A forma como algumas pessoas ganham a vida?

— Esse é realmente o seu trabalho? — Holly insistiu.

— É — Healy respondeu.

— Uau. Então, ham... quanto você cobraria pra encher a minha amiga Janet de porrada?

— Quanto é que você tem? — Healy perguntou.

— Ok, essa conversa acabou — March interferiu, empurrando o próprio prato para a filha. — Come.

— A gente só está conversando — Healy disse.

— E a conversa acabou — March respondeu.

Healy se inclinou à frente, bateu os dedos no dinheiro que estava sobre a mesa. — Quatrocentos. Isso é tudo.

March pensou sobre aquilo.

— Quatrocentos. Dois dias. Se eu encontrar ela antes disso, eu ainda fico com o dinheiro.

— Fechado — Healy concordou.

— Ótimo — March disse. Puxou o resto do dinheiro e olhou para o relógio. — Porque eu já sei onde ela está.

16.

O panfleto não dizia no ar, dizia pelo ar. Também dizia "pelos pássaros", o que March pensou ser provavelmente a coisa mais estúpida que podia ser escrita em um panfleto se quisessem que as pessoas aparecessem. Mas o que ele sabia? A praça da Prefeitura estava absolutamente lotada de pessoas deitadas no chão, e todas elas haviam sido arrastadas até ali pela promessa de que o tempo que estavam gastando e o esforço que estavam fazendo eram todos pelos pássaros.

Havia alguns pássaros também, pombos, mas com cada centímetro quadrado do pavimento coberto por um ou outro corpo estirado, não havia lugar para pousarem. Ficavam apenas rodeando a região e depois se empoleiravam no galho de uma árvore ou no peitoril de uma janela ou algo do tipo. Era bom o bastante para eles, pássaros do caralho.

Enquanto estavam se aproximando, March havia tentado mostrar o folheto a Healy e explicar como o havia pegado no quadro de avisos do Iron Horse e conversado com algumas pessoas da vizinhança sobre aquilo após ser colocado para fora de lá pelo *barman*, mas Healy estava preocupado com um jornal que havia pegado em um banco no caminho deles. A manchete havia chamado a atenção dele, assim como a foto sob ela.

— "A falecida estrela de filmes adultos, Misty Mountains", — leu em voz alta, — "foi vista aqui no Show de Automóveis de Detroit do último mês..." — Balançou a cabeça. — É meio que um caso famoso pra você, não é?

March arrancou o jornal das mãos de Healy e o jogou na próxima lata de lixo pela qual passaram.

— Sabe, o bom de se manter a boca fechada é que isso impede de falar.

— É claro — Healy disse. — A não ser que você seja um ventríloquo.

Estavam dando a volta pela lateral da Prefeitura.

— Fodam-se esses caras — March respondeu. — Sempre dá pra ver a boca deles se mexendo.

— Dá pro quê? — Healy perguntou.

— Ventriloquismo. Não funciona.

— Às vezes funciona.

— Nunca.

Passaram por uma mesa dobrável onde havia uma pilha de máscaras de gás, artigos de suprimentos militares antigos, e duas garotas por trás dela que pareciam ter dezoito ou dezenove anos e desejar ter nascido há tempo o bastante para serem *hippies*. Havia uma pilha de panfletos também, e uma das garotas pegou dois deles e os ofereceu a Healy e March. A outra disse:

— Bem-vindos! Vocês gostariam de máscaras...?

Healy fez que não com a cabeça e os dois prosseguiram até o topo da escada. Foi de lá que viram a multidão pela primeira vez. Devia haver pelo menos cinquenta pessoas, todas deitadas nos degraus do edifício municipal, com os braços e pernas bem abertos para que cada pessoa ocupasse o maior espaço humanamente possível. E, sim, todas elas estavam com máscaras de gás. Porque, sabe, o ar. Os pássaros.

March deu uma longa olhada na multidão, nos cartazes escritos a mão e nas jaquetas cáqui maltrapilhas com símbolos da paz costurados, no punhado de policiais parados ao redor do perímetro pensando no que haviam feito para serem incumbidos daquela tarefa, e se virou para Healy com um sorriso.

— Está certo. Bem. Tchau.

— Ei, espera aí — Healy disse —, o que é que você quer dizer, tchau?

— Esse é o grupo de protesto da Amelia. A galera dela. Ela está aí, em algum lugar. Então. Aí está.

Virou-se para ir embora.

— Espera aí — Healy insistiu —, como é que você sabe que ela está aqui?

— Eu estou dizendo pra você, esse é o grupo dela. As pessoas que ela apresentou ao Rocco. Ela começou isso.

— Ok, mas se ela está em algum buraco agora, escondida, assustada, o que faz você pensar que ela estaria aqui...?

— É claro que ela vai estar aqui — March respondeu. — É o grupo de protesto dela.

— Para de dizer isso.

— Eu gostaria de parar de dizer isso.

— Eu escutei o que você disse, esse é o grupo de protesto dela, — Healy disse, — mas...

— Eu não estou escutando você me escutando — March o interrompeu. Caminhou até a borda da multidão, parou com o pé a apenas dois centímetros das solas do sapato da Doc Martens que um dos protestantes estava usando. — Ei, Amelia? — gritou. — Amelia?

Nenhuma resposta.
Healy se juntou a ele:
— Amelia?
Silêncio. Foi naquele momento que March percebeu, pela primeira vez, que a praça inteira estava estranhamente quieta. Nenhuma canção, nenhum grito, nenhum Ei ei, ou ou. Que tipo de protesto era aquele?
— Ela não está aqui — Healy disse.
— Ela está aqui, sim. — March levantou a voz. — Amelia?
Finalmente, de algum lugar no meio da pilha de corpos amontoados, uma voz respondeu. Era de uma mulher, aguda e abafada pela máscara de gás, mas dava para dizer que era feminina de algum jeito.
— A gente não pode falar com você.
— O quê? — March perguntou. — Quem disse isso?
— A gente não pode falar com você — a voz repetiu. — A gente está morto.
— Vocês estão... — March passou a mão no rosto. Olhou para os sapatos e começou a contar até dez. Desistiu depois do quatro. — É, ok, saquei. Bem esperto. Estou com vocês. — Levantou a voz de novo — Mas na verdade esse é um assunto realmente sério.
— Isso também é — a voz da protestante disse. — Nós todos fomos assassinados.
— Não, vocês não foram, não.
— Vai se foder, cara — disse uma segunda voz abafada, de um homem. — A gente está morto.
Um cara na beira da multidão fumando um cigarro enrolado a mão se inclinou na direção de March. Ele não só parecia Charles Nelson Reilly, mas também soava como ele.
— Eles não podem falar com você, cara. Eles estão mortos.
— É — March respondeu. — Obrigado. Isso ajuda bastante.
O fumante fez que sim com a cabeça, sorrindo. Healy lhe perguntou.
— Esse protesto é contra o que, você sabe?
O fumante deu uma longa tragada, depois gritou:
— Ei! Algum de vocês sabe por que vocês estão protestando?
O segundo protestante que havia falado gritou de volta:
— O ar!
— Ar — disse o fumante, dando outra baforada.
— Vocês estão protestando contra o ar? — March perguntou.

— A poluição! — o cara gritou em resposta. — Os pássaros não conseguem respirar!

— Então todos vocês morreram por causa da poluição? — Healy perguntou.

Uma pausa.

— Isso — disse a voz.

— E as máscaras de gás? — Healy quis saber. — Elas não salvaram vocês, não?

Uma pausa mais longa. Ninguém tinha uma resposta para aquilo.

Até que outra pessoa respondeu, uma nova voz, um barítono grave.

— Elas não funcionaram.

March avançou pela multidão, tentando não pisar em ninguém, mas não tentando com muito empenho.

— Podemos voltar pra Amelia aqui? — Escutou alguém xingar quando pisou na mão dela. Sinto muito. — Olha só, Amelia? — Levou as duas mãos até a boca, fazendo um megafone, mas aquilo fazia alguma diferença de verdade? Aquilo aumentou em alguma coisa a voz dele? De qualquer forma, ele fez isso. — Nós sabemos que você está aqui! Nós precisamos falar com você!

Mais uma protestante respondeu, outra mulher, que soava como uma tenor. Os quatro podiam formar a porra de um quarteto de cantores com máscaras de gás.

— Ei, escroto. Ela não está aqui.

— É claro que ela está aqui — March contestou. — Esse é o grupo de protestos dela.

March olhou de relance para Healy para pedir ajuda, mas o cara grandão apenas encolheu os ombros.

— Ela não está aqui por causa do namorado dela — disse uma nova voz, e agora eram um quinteto.

— O namorado dela — March repetiu, voltando-se para a parte da multidão de onde havia vindo a voz. — Por quê?

— O namorado dela morreu. Tipo, morreu de verdade. Há três dias.

— Ele morreu? Espera, então onde é que ela está?

— Desculpa, não posso ajudar você — a nova voz disse. — A gente está morto.

— Puta que pariu. — March olhou para o céu, não achou nada que estava procurando lá. Só poluição. Então talvez esses idiotas tivessem alguma razão. Mas ele não se importava muito de verdade.

— Tudo bem — gritou. — Qual é o escroto de vocês que quer ganhar vinte pratas?

17.

Estavam no carro de March. Ele estava dirigindo com a mão machucada, a direita estava descansando perto dos controles do rádio e do isqueiro, e quando este saltou, foi usado para acender um Camel. Healy estava ao lado dele, como copiloto. No banco de trás, um dos protestantes estava com a máscara de gás na parte de trás da cabeça. O nome dele era Chet. Parecia ter cerca de dezoito anos de idade. Estava vinte dólares mais rico do que havia estado quando acordou naquela manhã, e os estava levando ao destino deles.

— Vira à esquerda aqui — ele disse, apontando, e March fez a curva, estacionando em frente à calçada de uma... bem, como poderia chamar aquilo? Não de uma casa. Não mais.

Parecia algo que uma criança gigante construiria com palitos de fósforo. Palitos de fósforo usados.

Saíram do carro e — cuidadosamente — entraram na estrutura. March sabia uma ou duas coisas sobre incêndios domésticos. Bem, uma coisa, não duas, mas era o bastante para saber que ali havia acontecido um especialmente ruim. Não havia sobrado basicamente nada. Não havia teto, não havia paredes, apenas algumas vigas carbonizadas e destroços de alguns móveis que não queimavam por completo: o fogão, a privada.

— Que merda é essa, Chet? — Healy perguntou.

— É a casa do Dean. O namorado da Amelia. Eu disse pra você, ele morreu queimado. — Olhou ao redor. — Esse lugar parece tão maior agora.

March perguntou:

— Você sequer conhecia a Amelia de verdade, Chet?

— É, bem, meio que, principalmente através do Dean? — Deu de ombros. — Dean era um produtor de filmes; eu meio que gosto de filmes do tipo experimental, foi meio que por isso que a gente se conheceu, porque eu mesmo estou meio que nesse negócio.

— É? — Healy perguntou. — O que é que você faz?

— Eu faço projeções.

March e Healy trocaram um olhar. Estavam com o próximo George Lucas nas mãos, claramente.

— É, enfim, — Chet continuou, — O Dean tinha enchido esse quarto inteiro com rolos de filme. Um dia só foi e... puf. Custou ao cara a vida dele e o trabalho da vida dele. Meio que, sei lá, meio que faz você pensar, né?

— Na verdade, não — March disse.

Através da não-mais-uma-parede virada para a rua, March viu uma criança das redondezas passando de bicicleta, um garoto de talvez catorze anos com o cabelo desajeitado caindo até o queixo e braços magrelos saindo de uma camisa sem manga.

— Ei, garoto! — March chamou. — Você conhecia o cara que morava aqui?

A criança freou a bicicleta.

— Talvez. Quanto é que isso vale pra você?

Outro cara durão. Em alguns anos, ele poderia tomar o lugar de Healy nas aulas que dava.

Chet entrou na conversa:

— Ele vai dar vinte pratas pra você se você responder.

— Espera aí, eu não disse isso — March objetou, mas os olhos da criança já haviam se acendido.

— Vinte pratas, cara. Ou então esquece.

March respirou bem, bem fundo. Estava ficando com pouco dinheiro, e não era como se pudesse conseguir mais hoje — os bancos iriam fechar a qualquer minuto. Mas entregou à criança um par de notas de dez.

— Obrigado — o garoto cantarolou, enfiando o dinheiro na calça. — Aham, eu conhecia o cara. O cara fazia filmes. Eu vi ele fazendo um filme mês passado.

Chet perguntou:

— Filme experimental, né?

— Acho que sim... Mais pra filme de gente pelada.

— Você viu uma garota de cerca de um metro e setenta e cinco, — March perguntou, — cabelo escuro, chamada Amelia?

Ele fez que não com a cabeça, com o cabelo batendo nos olhos.

— Não. Mas eu vi aquela garota famosa.

— Que garota famosa? — Healy perguntou.

— A que morreu. A atriz pornô. Misty alguma coisa.

— Você viu a Misty Mountains aqui?

O garoto concordou com a cabeça e sorriu. Devia realmente ter visto Misty Mountains.

— Mas você não viu essa outra garota, a Amelia? — March pressionou.

— Não — o garoto repetiu. — Eu saí com eles um pouco também. Falei com o produtor. O nome dele era Sid... ham, Sid Chamusca.

— Ninguém se chama Chamusca — March contestou.

— Tanto faz — o garoto disse. — Eu tentei conseguir um trabalho. Ofereci mostrar o meu pau. É que eu tenho um pau grande.

— Tá certo — March respondeu, virando-se. Aquilo era suficiente.

— Isso é muito bom — Healy disse. — Tem certeza que não viu outra garota?

— Não — a criança disse. — Vocês querem ver o meu pau?

March respondeu:

— Ninguém quer ver o seu pau, cara.

— Vinte pratas?

— Nós já pagamos as vinte pratas pra você — March começou, depois se interrompeu. — O que é que eu estou falando?

— Está bem — a criança disse, e começou a pedalar para ir embora. Completou por cima do ombro: — Bichas!

— Ei, garoto — March o chamou de novo.

— Que foi?

— Qual era o nome do filme?

— Eu não sei... — Pensou bastante. — Espera, é, eu sei. Estava escrito nas latas de filme. Era um título idiota. O Que Você Acha Do Meu Carro, Garotão?

18.

Havia caído a noite, e eles estavam no carro. March estava dirigindo, e ainda estava fumegando de raiva.

— "Vocês querem ver o meu pau?" Inacreditável. É disso que eu estou falando, acabou. Os dias de damas e cavalheiros acabaram, é isso que está esperando pela Holly. É com isso que ela vai lidar, com os merdas dos Chets desse mundo e aquele idiota.

— Bem, — Healy disse, tentando mudar de assunto de novo, — de uma coisa a gente tem certeza, alguma coisa estranha está acontecendo.

— Não está, não. O cara foi queimado. Acontece — March contestou. — Confia em mim, eu sei.

— Aconteceu há três dias, exatamente no mesmo dia em que Amelia saiu do meu radar.

March deu uma risadinha.

— O seu radar.

— Alguma coisa está acontecendo — Healy insistiu. — E a gente vai descobrir o que é.

March continuou dirigindo, atravessando a escuridão pontilhada por letreiros encardidos e vidas mais encardidas ainda.

— Está bem. Você me tem por dois dias. Mas dois dias são dois dias. Esse é o acordo. De um jeito ou de outro.

— Claro — Healy respondeu. — Só pra ficar claro, se eu escolher o "outro" jeito, o que é que isso envolve?

— Eu não sei — March disse. — Isso é da Bíblia.

Viraram na Hollywood Boulevard, onde os letreiros eram maiores, mais brilhantes, e faziam propaganda de filmes como Tubarão 2 e Aeroporto 77 ao invés de lubrificantes mecânicos e lavagens de carro. Nada mudava muito além disso.

— Deixa eu contar pra você como são dois dias de trabalho de investigação — March começou. — Você dá voltas com o carro que nem um filho da puta. Você gasta metade do tempo perguntando coisas a caras que nem o Chet, a outra metade você gasta tentando traduzir falas de escrotos pro inglês, e quando acaba, a única coisa que mudou é que o sol se pôs duas vezes.

— E nunca nada dá certo, é isso que você está tentando dizer?

— Nunca.

— Mas você recebe o pagamento — Healy complementou.

— Às vezes. — March notou algo com o canto do olho. — Ei. Filho da puta. Chamusca.

— O quê? — Healy perguntou, mas March já estava estacionando, parando o carro embaixo de um outdoor gigante.

— Chamusca. Olha.

Pairando sobre eles, brilhando como mil sóis, havia um letreiro com as palavras Uma Produção de Sid "Selvagem" Shattuck na parte de cima. Na parte de baixo estava o nome do filme, Pornóoquio, escrito com letras bem coloridas e com mamilos rosas e eretos nos dois Os do meio. No meio havia a imagem de um homem com bochechas vermelhas e um longo nariz de madeira como o do garoto fantoche, só que o nariz fazia uma curva para cima como se fosse uma rola gigante e havia três mulheres montadas nele. A que estava cavalgando na ponta, vestindo apenas um cobertor para tapar os peitos, era Misty Mountains.

Healy disse:

— Sid Shattuck? Quem é esse?

— Sid Selvagem, o rei da pornografia — March respondeu. — Filmes experimentais é o caralho. Eles estavam fazendo um pornô. E aquela criança disse que Shattuck estava lá.

— Bem, ele não foi queimado — Healy disse. — Então vamos lá falar com ele.

March estava no telefone, o fio estava se esticando por trás dele enquanto andava em círculos pela sala e Holly preparava o jantar: torrada com manteiga e carne enlatada, a especialidade dela.

— Eu disse que gostaria de falar com o Sid pessoalmente. Estou procurando uma amiga nossa, a Amelia. Eu sou um velho amigo. É.

Holly olhou de relance pela janela da frente. Healy estava esperando na entrada da garagem, com as mãos no bolso.

— Por que a gente não chama ele aqui pra dentro? — ela perguntou.

March cobriu o bocal do telefone.

— Animais não podem entrar na casa, querida. — Voltou para a ligação. — Aham, eu estou aqui. Pode repetir? Ok. Muito obrigado. — Entregou o telefone para Holly para que ela desligasse. Ela o jogou no sofá.

— Esse foi o número de Sid Shattuck que você arranjou?

— Foi — March respondeu, pegando os cigarros e fósforos. — Eles estão se arrumando pra uma festa. Perguntei pela Amelia, e eles disseram que ela já está voltando.

— Voltando? Isso quer dizer que ela está ficando lá?

— É — March disse e riscou um fósforo. Levou-o até um Camel.

— Então a gente encontrou ela!

— Talvez. — March sacudiu o fósforo, foi até o closet e começou a amarrar a coldre feito para o ombro. — Tem como você ficar na casa de alguma amiga sua hoje à noite?

— Eu posso ficar com a Jessica, mas... — Ela foi até o fogão e desligou o fogo. Guardou a carne enlatada no armário de novo. O jantar já era. — Você vai numa festa?

— Eu vou numa festa grande — March complementou. Estava tendo que se esforçar para passar o coldre pelo gesso. Ela o ajudou com isso. — Casaco?

Holly tirou o casaco dele de uma pilha de roupas no sofá. Ela parecia triste.

— Querida, é um trabalho. Eu tenho que aceitar ele. Se não fizer isso, a gente não vai poder morar numa casa tão boa.

— Eu odeio essa casa — Holly disse. — A gente não devia nem estar aqui.

— Vai pra casa da Janet.

— Jessica.

Como se ele soubesse a diferença. Espera, talvez soubesse.

— Qual delas é ela?

— A de cabelo castanho.

March sorriu. Cabelo castanho. Aí estava um traço distintivo.

— É ela que tem o olho de vidro...?

— É a que você gosta — Holly respondeu, meio que com nojo.

— ... e, tipo, bigodinho de Hitler?

Holly suspirou com força, pegou o próprio casaco e saiu da casa.

Perto da escada da frente, passou por Healy. Bem perto de onde havia bebido um dos Yoo-hoo dela. Ela havia deixado a porta da frente aberta, e ele começou a andar na direção de lá.

Ela observou enquanto ele estava subindo a escada, tentou pensar em algo para dizer que servisse para evitar que aquela noite saísse ainda mais de controle.

— Eu sou amiga de um policial, sabe — finalmente disse.

Healy parou na entrada.

— É mesmo?

— Ele também gosta muito do meu pai.
— Talvez eles devessem se casar — Healy gracejou.
Soltando fumaça de raiva, ela se virou e foi em direção à rua, onde o carro do pai estava estacionado.

Dessa vez, estavam indo para Bel Air, e lá poderia muito bem ser em um outro estado. Céus, podia muito bem ser em outro planeta. Nenhum outdoor pontilhava a paisagem aqui, e também não havia sujeira. Até as estrelas pareciam brilhar um pouco mais forte no céu, especialmente se começasse a noite com um teco, como March imaginava que a maior parte dos convidados de Sid Shattuck faria.

Ele, pessoalmente, não usava essa merda. Era preciso separar as coisas em algum momento. Mas uma bebida nunca caía mal, e havia tomado um gole como preparativo antes de pegar no volante. Havia oferecido a garrafa a Healy, mas o cara recusou, mesmo depois que March supostamente havia limpado a boca da garrafa. E porra, que diferença faria, era álcool, não era, isso não iria matar os germes de qualquer jeito?

Mas Healy havia recusado, e isso havia feito o gosto amargo que aquela noite havia deixado desde quando saíram dos destroços queimados da casa de Dean retornar.

Não conversaram durante a maior parte do caminho, depois Healy começou a interrogá-lo.

— Então, sabe... a coroa... você acreditou nela?
— Acreditei no quê?
— Quando ela disse que viu a Misty viva naquela noite. Você acreditou nela?
— Deus, não. Ela é cega que nem um morcego.
— Aham.
— Ela realmente usa fundos de garrafas de Coca como óculos — March acrescentou. — Se você pintar um bigode em um Volkswagen, ela vai falar "Menino, aquele tal de Omar Sharif realmente corre rápido".
— Mas ela leu a placa de um carro em movimento — Healy disse. — E se lembrou dela.
— O que é que você quer dizer com isso?
— A senhora não é cega, e nem louca.
— E...?
— Estou só dizendo, ela viu alguma coisa.
— A sobrinha morta dela, sentada à mesa, usando uma roupa listrada azul e escrevendo uma carta pra ela.

— Alguma coisa.
— Sabe, você realmente está me irritando.
— Desculpa, — Healy disse, — mas estou só dizendo que...
— Qual de nós dois é o detetive? — March perguntou. — Qual? Ok. Ok. Porque eu estava começando a me perguntar isso.
— Eu só estou dizendo...
— Bem, para de dizer.
— Porque você não quer escutar — Healy disse.
— Porque isso é uma loucura, caralho. — March virou em um retorno, da mesma forma como estivera fazendo a noite toda, raspando só um pouco na grade de proteção, e foda-se, é pra isso que ela está ali, não é? Parou cantando pneu em frente à casa de Shattuck.

Casa é o cacete. Mansão nem começava a fazer justiça. O lugar era enorme, com vários andares, não uma, mas duas piscinas na frente, hidromassagem na sacada, vidro em todos os lugares, luzes em todos os lugares. Numa noite normal, era provavelmente duas vezes maior e mais extravagante que qualquer casa da vizinhança, mas com uma festa a pleno vapor era... além de qualquer palavra.

Havia pessoas circulando sem rumo em todos os andares, e mais ainda dentro da casa, sem dúvidas — pelo menos cem pessoas, talvez mais, e roupas que poderiam cobrir com facilidade vinte ou trinta delas. Uma banda de R&B estava soltando um som envolvente num palco perto das árvores, um tributo ao Earth, Wind & Fire, e então March percebeu que era o Earth, Wind & Fire.

Enquanto estava saindo do carro e entregando as chaves ao manobrista que estava próximo ao portão de entrada, um homem passou perto deles, conduzindo um cavalo que havia sido vestido para parecer um unicórnio, com um chifre pontudo se saltando da testa.

— Jesus Cristo dançando sapateado — March disse.

19.

Ao contrário de March, Healy não era nativo da Califórnia. Tecnicamente, não era nativo nem de Nova York, já que havia nascido em um navio de transportes militares dos E.U.A. no meio do oceano Atlântico. Era uma longa história. Mas acabou ficando com a mãe e o irmão na seção de Riverdale do Bronx antes de completar um ano, e permaneceu lá até o décimo oitavo aniversário, e se lhe perguntassem nessa época se ele se mudaria algum dia para a costa oeste, ele nem mesmo diria não, iria apenas rir, e então talvez nocauteasse a pessoa que perguntou só para garantir.

Mas o juiz lhe havia oferecido uma escolha: condicional ou cadeia. E condicional significava O Programa, e O Programa significava Califórnia. Se o pai dele estivesse por perto, talvez as coisas tivessem sido diferentes, ou talvez não, mas de qualquer forma, na época o coroa ainda estava em seu posto na Alemanha, encerrando os assuntos pendentes doze anos depois do fato ocorrido.

Então — era a Califórnia ou ser preso.

Havia trabalhado em turno integral num pomar no Heritage Valley, colhendo limões e laranjas e abacates sob o sol de verão, um trabalho de quebrar a coluna que fortaleceu os músculos e a disposição que tinha, ensinou-lhe espanhol o bastante para entrar numa briga mas não para sair de uma, e mais de uma vez o fez desejar que houvesse escolhido a prisão no lugar daquilo.

Aquilo foi a faculdade para Jackson Healy. Foi assim que gastou o tempo entre os dezenove e os vinte e um anos de idade, e quando finalmente terminou, jurou (entre outras coisas) que nunca mais comeria um abacate de novo. E nunca comeu.

Por que não voltou para o leste depois, quando teve a chance? Também havia aprendido a palavra para isso no calendário de Uma-Palavra-Por-Dia: Inércia. Significava a tendência de um objeto imóvel a se manter imóvel ou de um objeto em movimento a se manter em movimento, o que o deixou confuso a princípio — como é que a mesma palavra poderia significar tanto algo que não pode se mexer quanto algo que não pode parar de se mexer? Era como uma garrafa térmica, mantém a comida quente quente mas também mantém a comida fria fria. E se colocasse um cubo de gelo em uma e um café fervendo em outra? Por que isso funciona? Mas aquilo ficava mais claro quando pensava dessa forma: continua-se fazendo aquilo que já se está fazendo. Permanece-se onde está e quem se é. Usa-se as roupas que já estão no armário.

Então, quais roupas estavam no armário dele? Roupas de caras durões da Califórnia. Jackson Healy havia aprendido a arte da persuasão com caras do tamanho dele que haviam feito aquilo durante toda a vida, e ele começou a fazer o mesmo, primeiro como reforço de uma equipe de duas pessoas, depois sozinho. Havia ganhado alguns quilos desde então, mas sabe o quê, isso na verdade era uma vantagem para ele. Não era um gordo flácido, ainda tinha músculos sob a gordura, mas as pessoas tendiam a fugir menos quando o cara batendo na porta tinha contornos mais esguios.

E essa era a história de Jackson Healy. Havia ficado pesado, em todos os sentidos, e talvez isso fosse exatamente o que deveria se tornar. O seu irmão mais velho havia se tornado um engenheiro da Força Aérea, seguindo as pegadas do coroa, e falando no coroa, o pai dele havia voltado para o país e seu posto atual era em San Diego, onde em tese Healy poderia vê-lo com mais frequência, talvez acabado com o relacionamento antigo e começado do zero, mas então havia toda o problema entre June e o pai, e, bem, esse foi o fim de toda essa história. Inércia. Continua-se fazendo o que se estava fazendo, e o sol nasce e o sol se põe, bem como March disse. Nada muda.

Mas então um dia? Você sai do carro e um homem atravessa o seu caminho com a porra de um unicórnio.

Um unicórnio.

E o cara ao seu lado é um detetive particular, meio escroto, é verdade, e um pouco idiota, mas, sabe como é, também é meio que um cara legal, e ele consegue trabalho nesse mundo enquanto você está batendo em caloteiros e papa-anjos. Na cidade em que você tem morado por quase toda a vida agora, logo além do morro e descendo a estrada, existem unicórnios. E você pensa consigo mesmo, é, Jack, pelo menos uma vez depois de tanto tempo talvez tenha surgido algo de novo na Terra.

20.

— Eu só disse pra ele — a garota com o vestido vermelho estava dizendo, — que se ele quer que eu faça isso, pra então não comer os aspargos!

A loira ao lado dela, com um modelito verde que apertava as curvas dos peitos, pareceu confusa. Aspargos? O quê?

Healy parecia estar fascinado por elas, o coitado provavelmente nunca havia visto garotas tão gostosas assim a não ser num filme, mas March, francamente, estava apenas tentando estacionar o carro. Havia entregado as chaves ao manobrista, estava esperando a merda do comprovante, mas o cara estava encarando a mala do carro dele por algum motivo.

Espera. Ok. Aquele era o motivo, alguma coisa estava batendo na porta de lá de dentro.

Caminhou até o carro e o encarou. Pou, pou. Pou. Havia algo na mala. Martelando para que o deixassem sair.

Ele abriu a mala e viu Holly o encarando, parecendo acanhada.

— Eu sei o que você vai dizer, — ela começou, e porra, com certeza ela sabia, — mas já que eu estou aqui, você bem que podia me levar com você, né?

Ela olhou para o pai esperançosa.

March bateu a porta da mala de novo.

Aproximou-se do manobrista, estendendo as chaves.

— Ham, eu não posso levar o seu carro assim — o cara disse.

March virou-se de novo e voltou ao carro.

*

Holly estava se debatendo enquanto ele a conduzia pelo braço em direção a uma fila de táxis parada próxima à entrada.

— Para com isso — ela resmungou, e soltou o braço com um puxão. As pessoas estavam olhando. — Para com isso, pai!

Ele pegou o braço dela de novo e a arrastou adiante na mesma direção.

Ela não conseguia acreditar que havia chegado tão perto e estava prestes a ser mandada para casa, perdendo a chance não só de ficar perto do pai e talvez protegê-lo um pouco, mas também de ir à maior festa de toda a vida dela. Jessica ficaria com tanta inveja. E Janet — a cabeça de Janet simplesmente explodiria.

Observou a multidão de mulheres que lembrava um formigueiro em volta do bar, as que estavam agarrando bolsas prateadas debaixo do braço enquanto tomavam martinis, as que estavam rindo ao lado da piscina. Algumas pareciam estrelas de cinema. Algumas pareciam o que eram.

— Pai! Tem tipo putas e coisas do tipo aqui.

— Querida, — March disse, — quantas vezes eu já disse pra você, não diga "e coisas do tipo". Diz só "Pai, tem putas aqui".

— Bem, tem, tipo, um monte — Holly disse. O pai abriu a porta de um táxi que estava à espera e a enfiou no banco traseiro. — Espera! Não! Eu posso ajudar você! Sério? Eu vim até aqui...

— Eu te amo — March cortou a fala dela e bateu a porta. Deu um tapinha na traseira do táxi, como se estivesse dando um tapa no flanco de um cavalo, e ele partiu, com Holly lhe olhando fixamente pela janela.

Bem, aquele era um bom jeito de se começar a noite.

Pegou Healy e caminharam juntos.

*

O Earth, Wind & Fire estava cantando *"Do you remember..."*, o que era um pouco irônico, porque March achava que metade das pessoas dali não iriam se lembrar de nada sobre aquela noite quando acordassem de manhã. Todo mundo estava acabado, chapado, sob o efeito de uma ou outra coisa. Em um banco por onde passaram, um grupo de garotas estava gargalhando enquanto uma delas enfiava a mão pela saia de outra e, alguns segundos depois, fazia-a aparecer pelo decote dela agarrando uma colher de cocaína. Hilário. No outro lado, um tampinha magrelo com cordinhas amarradas nos braços e nas pernas e rouge nas bochechas estava usando um chapéu alpino e um nariz de Pornóoquio.

— Não é o meu nariz que cresce! — vangloriou-se para quem quisesse escutar.

March recuou, estremecendo, e quase se chocou com um cara com pernas de pau coberto de folhas e galhos.

— Quem é você, supostamente? — pegou-se perguntando.

— Uma árvore.

Continuaram andando. Shattuck tinha que estar em algum lugar — era a casa dele. Mas encontrá-lo seria um desafio. Ainda mais porque não sabiam como ele era. Sabe uma agulha no palheiro? Essa era uma situação em que precisavam encontrar uma agulha em meio a um monte de agulhas.

Falando nisso, é — a sereia que estava sentada com a cauda na piscina estava injetando alguma coisa no braço.

— É... — Healy disse, agitando a mão na frente do rosto, — bem, sabemos que a Maria Joana apareceu.

— O que foi que você disse? — March perguntou.

— Maria Joana. Marijuana. Maconha.

— É, provavelmente — March concordou.

— O lugar está fedendo a maconha — Healy continuou.

— Ah, é? Eu perdi o olfato.

— Você o quê?

— Eu perdi o olfato — March repetiu. — Levei uma porrada na cabeça há um tempo, perdi o olfato.

— Você... perdeu o olfato.

— É.

— Você é um detetive que não sente cheiro de nada?

— É.

— Ah, isso só está ficando cada vez melhor.

— Uau — March disse. — Isso foi bem insensível da sua parte. — Mas Healy já havia se afastado. March se apressou para alcançá-lo.

Passaram por uma porta de correr aberta e entraram na casa. Ali, a multidão estava densa, o lugar estava lotado de uma parede à outra por pessoas com costeletas e cabelo com laquê. Não dava para dar dois passos sem esbarrar em uma garota por acidente. Parecia um castelo inflável para adultos.

— Olha — March disse —, se a Amelia não aparecer, ainda temos o Shattuck. Mas se a gente começar a fazer perguntas e as coisas esquentarem... — Levantou o braço engessado. — Eu estou ferido. Então você vai ter que lidar com isso.

— Eu acho — Healy respondeu, — que vai ser melhor e mais rápido se a gente se separar.

— O quê?

— Se você vir um cara com o rosto azul — Healy acrescentou —, vem falar comigo. — E recuou para dentro da multidão.

March estava sozinho.

Virou-se e abriu caminho na direção do bar. Havia uma garçonete de drinques usando um capacete feito de cigarros. Puxou um deles e o colocou entre os lábios. Certo. Me deixa aqui com um braço só pra enfrentar Deus sabe o quê. Levantou dois dedos e chamou a atenção do *barman*. Podia não encontrar coragem em uma garrafa, mas o que podia encontrar era o melhor possível depois disso.

Healy, enquanto isso, estava seguindo por um corredor que passava por uma sala de bilhar de um lado e uma de projeções do outro. Um homem vestindo a cabeça peluda do Coelho Branco de Alice no País das Maravilhas estava vindo da direção oposta, abraçado com uma dupla de vadias fantasiadas de empregadas francesas. Uma garota que estava equilibrando uma travessa em uma mão estendeu um drinque bem amarelo na direção de Healy e não aceitou um não como resposta quando ele tentou recusar. Então ele acabou com um drinque na mão pela primeira vez em... quanto tempo? Muito tempo. Deu uma cheirada na bebida, ficou aliviado por ter achado o cheiro repulsivo, e deixou o copo na primeira superfície que estivesse mais próxima de estar vazia que pôde encontrar.

— Ei! — A voz soou mais animada do que chateada, e olhando na direção dela Healy viu que pertencia a uma mulher coberta da cabeça aos pés com tinta corporal dourada e que estava de quatro, com as mãos e os pés no chão. O copo de Healy estava descansando sobre a parte de baixo das costas dela, onde um fio dental desaparecia na fenda da bunda pintada de dourado da mulher.

— Desculpa — disse, pegando o copo.

— Está tudo bem — a mulher respondeu, sorrindo para ele de cabeça para baixo.

Livrou-se do copo de novo, dessa vez colocando-o sobre uma mesinha de madeira em um dos cantos do lugar. Era mesmo o país das maravilhas, e tudo estava de cabeça para baixo, e em algum lugar no meio de toda aquela loucura havia uma garota assustada que havia pagado pela ajuda dele. Era disso que devia se lembrar. Nada além daquilo importava. Era só uma distração.

Healy abriu caminho até uma porta com a superfície acolchoada. Não tinha maçaneta. Healy a empurrou, foi cumprimentado pela imagem do banheiro mais extravagante que já havia visto, com piso de mármore, uma banheira de hidromassagem, acessórios de ouro e uma garota apertando a borda da pia com as palmas das duas mãos, levando de um homem que parecia com Don Rickles. Healy recuou em silêncio, mesmo sem ter sido notado por nenhum dos dois.

Adiante. Uma segunda porta levava a um armário de vassouras. Mas então a terceira...

Healy entrou e fechou a porta de correr por trás de si. Estava em uma passagem escura e estreita repleta de pôsteres das produções de Sid Shattuck na parede. Depois de alguns passos o quarto ficava mais largo e Healy viu estantes de roupas, pilhas de latas de filme vazias e montes de acessórios. Era uma sala de depósito, cheia de detritos de produções cinematográficas, e Healy não conseguiu se impedir de imaginar se era assim que a casa de Dean era antes do incêndio.

Healy levantou as latas uma a uma, olhando os títulos. Pornóquio estava ali, e Alice no País das Putarias — Healy estava começando a detectar um tema em comum ali — e A Abertura de Misty Mountains e O Despertar da Paixão e O Desprezo. Na etiqueta de uma das latas, lia-se Misty, Sequência Teste, Rolo 1 e, dentro dela, havia algumas projeções, umas faixas de filme e um pedacinho de papel que Healy reconheceu, não pelo que estava escrito nele —

    28-10 Apt Burbank
    West, P D, 10:30pm

— mas porque o pedaço de papel era rosa e no formato de uma vaca.

Amelia havia estado ali. Guardou a anotação no bolso.

Em nenhuma das latas havia nada sobre carros ou garotões. Mas nas estantes de roupas era uma outra história. Penduradas nas barras de metal, havia ternos e vestidos e lingeries dentro de sacos plásticos, onde estavam anotados a hidrocor os nomes dos respectivos artistas e produções, e, na segunda estante que checou, Healy encontrou o tesouro que estava procurando. O Que Você Acha do Meu Carro, Garotão?, perguntava uma etiqueta atrás da outra, e embaixo disso Juliet ou Blair ou Sean.

Ou Misty.

Healy pegou um saco em particular com o nome de Misty e o examinou mais de perto. Era um figurino como qualquer outro. Brega, meio mal feito, nada que fizesse alguém olhar pela segunda vez se fosse encontrado em um brechó. Mas Healy o olhou pela segunda vez e pela terceira antes de pendurá-lo de volta onde o havia encontrado. Era um terninho azul marinho e listrado.

21.

No bar, March matou o terceiro copo e estava se sentindo bem corajoso. Sacudiu o dedo para o *barman* para pedir outro.

— ... é com as abelhas assassinas — ele disse, enquanto o homem servia a dose. A voz dele não estava soando arrastada na própria cabeça. — É com isso que você tem que se preocupar.

O *barman* aceitou o conselho com pressa, como havia aceitado com pressa o conselho de bêbados durante a maior parte dos últimos trinta anos.

March virou a bebida, depois se virou para uma plataforma ao lado do bar onde uma *stripper* estava sacudindo os peitos perfeitos que tinha e a quem absolutamente ninguém estava dando atenção. Quase se sentiu triste por ela.

— Licença...? — Ela se abaixou. Deus, eles eram realmente perfeitos.

— Oi, bonitão — ela disse.

— Você, ham, você parece estar em um lugar bem vantajoso aí em cima — March começou. — Eu me perdi da minha, ham, irmã. Ela tem cabelo escuro, a sua altura... está vestida, mas... Ela é conhecida como Amelia?

— Ei — o *barman* interferiu. — Por que é que você não deixa a garota em paz? — Encheu o copo de March de novo. — Bebe mais uma.

E assim as coisas continuaram, a maior parte da noite ficando embaçada na memória de March enquanto alternava entre bebidas e perguntas, perguntas e bebidas. Havia vários bares no lugar, e March encontrou todos eles. Provou misturas que nunca havia provado antes, nem sequer perguntou os nomes delas. Bebidas de garotas com cascas de limão em espiral, bebidas de um vermelho forte e verdes-azuladas que fediam a Curaçao, bebidas com gelo em copos de uísque e bebidas em taças de champanhe — se alguém lhe entregasse, ele bebia. Bem, por que não? Era parte do trabalho. Misturar-se à multidão.

— Oi pra todas vocês — disse para um grupo de mulheres que estava em um dos bares, o menos lotado de todos, que ficava de frente para uma janela de vidro grosso que dava para uma piscina, e por onde se via duas garotas com os peitos nus e caudas de sereia nadando de um lado para o outro, ocasionalmente roçando uma na outra. Como é que elas conseguiam ficar ali embaixo?, perguntou-se.

Será que são sereias de verdade? Tentou organizar os próprios pensamentos. — Eu sou Amelia... ela tem meio que... — Levantou a mão até a altura da clavícula. — ... cabelo escuro... e é conhecida como... — Uma das sereias estava acenando para ele por trás do vidro. Ele sorriu. — ... o chamado da natureza? Estou só brincando, eu esqueci o nome dela. Mas, sabe como é, se você vir você, só, se você vir, fala comigo. E, ham, me diz o meu nome.

A mulher o encarou, confusa, antes de voltar à conversa em que estava.

— Está bem, então — ele disse. Imaginou o que Healy estaria fazendo naquele momento. O coitado. Tinha boas intenções, March sabia disso, mas era impossível que estivesse fazendo tanto progresso quanto March estava.

22.

O que Healy estava fazendo naquele momento era passando ao lado da janela da sala de projeções, voltando para a área principal da festa para encontrar March. Mas o que viu quando olhou pela janela o fez parar. Não o filme pornô de Sid Shattuck que estava sendo projetado na parede da sala, ele era um garoto crescido, já havia visto a sua cota de filmes do tipo, mas sim a audiência que estava sentada para assistir o filme: um cara gordo e barbudo com uma camisa azul e uma espécie de bandana mais elaborada, uma mulher com cabelo longo e loiro e uma camisa bastante decotada que deixava os peitos quase que à mostra, e uma garota de treze anos sentada ao lado deles, observando tudo avidamente.

Holly.

Healy entrou, colocou-se entre o projetor e a parede, tentou ignorar o ato sexual que estava sendo projetado sobre o seu estômago.

— Holly, ei... Eu não acho que você devia estar assistindo isso.

O gordo se intrometeu.

— O que é que há com você, idiota? Sai daí. Você está na frente da tela.

Healy pegou um chumaço de cabelo sem nem olhar e bateu o rosto do homem contra a mesinha de vidro que estava na frente dele. O vidro ficou rachado com o impacto.

— Escuta aqui, seu escroto, essa garotinha aqui é menor de idade. O que é que você consegue mostrando essas coisas pra ela de qualquer jeito?

— Ele não está mostrando isso pra mim — Holly protestou.

— Não está? — Healy olhou para o cara, que agora estava com o nariz sangrando.

— Não — Holly repetiu, e apontou com a cabeça para a mulher que estava ao lado dela. — Ela que botou o filme.

Healy olhou para ela. Qual era a idade dela, dezenove anos? Vinte?

— É, bem, ela também não devia estar assistindo essas coisas.

— Assistindo? — a mulher disse. — Cara, eu estou no filme.

Healy saiu do caminho da projeção, olhou com mais atenção para a imagem que agora estava na parede de novo, em tamanho real. Ah. Bem, aí está. Ele só não a havia reconhecido com a boca cheia.

— Certo. — Virou-se de novo para Holly. — Olha, vai pra casa. O seu pai mandou você ir pra casa, vai pra casa.

Ela estava soltando facas dos olhos na direção de Healy enquanto ele saía da sala.

Recompondo-se, fingindo não estar abalada, virou-se para a loira ao lado dela.

— Homens — disse, e a nova amiga fez que sim com a cabeça, concordando completamente.

— Ei, a propósito, — Holly continuou —, era pra eu encontrar uma pessoa aqui. Por acaso você conhece uma garota chamada Amelia?

A loira pensou sobre aquilo.

— Ela também trabalha com isso?

— Eu acho que ela fez um filme com o Sid Shattuck — Holly respondeu.

A loira fez que não com a cabeça.

— Não conheço ela. Mas se ela é amiga sua, diz pra ela ficar longe do Sid. Ele é nojento. — Inclinou-se conspiratoriamente. — Ele me disse que uma garota era irmã dele, sabe? Aí uns dias depois, eu entro num quarto e eles estão tipo, fazendo anal e coisas do tipo!

Holly olhou para ela com um sorriso de superioridade.

— Não diz "e coisas do tipo". Diz só "Eles estavam fazendo anal".

Agora era a vez de Healy ir de bar em bar, procurando por March. Não o encontrou. Em um deles poderia ter encontrado, se estivesse olhando para cima ao invés de para baixo, enquanto as sereias por trás do vidro passavam nadando e um homem de cueca e camiseta de bater na esposa com o braço engessado nadava atrás delas, numa perseguição acalorada.

Mas Healy estava olhando para baixo naquele momento, encarando o pedaço de papel em forma de vaca que havia pegado na sala de depósito, tentando ver algum sentido nas anotações criptografadas de Amelia. P D — Portão D? Aeroporto de Burbank? Será que ela ia viajar para algum lugar às 10:30 da noite? De que dia?

Colocou o papel no bolso de novo e olhou para cima, mas era tarde demais, March se fora. Healy perguntou ao *barman* se sabia onde Sid Shattuck estava.

— O cara que é dono daqui? Eu não vi ele.

— E uma garota chamada Amelia, mais ou menos dessa altura, cabelo escuro...

— Jesus, está todo mundo procurando essa garota? Eu já disse pro seu amigo, não, eu não conheço ela.

— Meu amigo, era um cara com o rosto azul...?

O *barman* pareceu finalmente ter perdido a paciência.

— Não, um cara com o braço engessado. O rosto dele estava da cor normal. Agora, você vai beber alguma coisa ou vai só me impedir de servir os outros convidados?

Healy mostrou um sorriso forçado, acenou com a cabeça para agradecer e seguiu adiante.

*

Do lado de fora, no *deck* — um dos muitos *decks* da casa de Shattuck —, March estava fazendo o melhor que podia para torcer a camiseta ensopada e imaginando se a água teria danificado o gesso. Não havia valido a pena. As sereias não sabiam de nada.

Pelo menos o clima estava bom e a vista era espetacular, um céu noturno limpo brilhando sobre ele e a grande cavidade da paisagem de L.A. brilhando abaixo. Imediatamente além do parapeito na altura da cintura que cercava a piscina havia um declive íngreme coberto de grama que levava a uma faixa de bosque e então a uma cerca na borda da propriedade. March se apoiou no parapeito e acendeu um dos cigarros que havia deixado sobre uma espreguiçadeira antes de ir nadar. As roupas dele ainda estavam ali e, o que era mais notável, também a arma dentro do coldre. Às vezes a fé nos homens era recompensada.

Agora, como conseguiria colocar o coldre no ombro com a mão atada? Literalmente com a mão atada. Nunca havia pensado sobre aquela expressão antes, mas pensou sobre ela agora. Por que pessoas com duas mãos perfeitamente boas diziam que iam fazer algo com as mãos atadas quando estavam com as duas livres?

Ponderou sobre aquilo um pouco, sentiu o cérebro funcionando bem, não mais tão confuso. O ar noturno o estava deixando sóbrio. Era alguma coisa, de qualquer forma.

Fumou o cigarro, jogou a guimba brilhante por cima do parapeito e a observou caindo. Depois foi se vestir.

— Ei — a voz de uma mulher chamou enquanto ele se contorcia e tentava se enfiar na alça do coldre arduamente. Ela estava usando a parte de cima de um biquíni com contas e franjas e uma mantilha indígena, embora com aquele figurino parecesse uma garota da Califórnia da cabeça aos pés.

— Ei — March respondeu. — Quer me ajudar com isso aqui?

Ela se aproximou e o ajudou a prender a coisa, depois colocou a jaqueta branca de couro nele. — Você sempre anda armado?

— Claro — ele disse, pegando a bebida que havia deixado ao lado da piscina. — Eu sou um *cowboy*. E você...?

— Pocahontas — respondeu, tímida.

— O que você faz?

Outro sorriso tímido.

— Eu atuo um pouco.

— Eu também — March disse. — Faz assim. — Fez uma arma com o polegar e o indicador.

— Ok — a garota respondeu.

— Agora atira em mim.

— Han?

— Atira, atira, atira — March insistiu. — Atira em mim, porra.

A garota fez bang bang com o dedo e March caiu para trás, com a mão no peito.

— Ah! Você me acertou! — Riu. — Muito bom.

Ela repetiu. Bang!

— Oh! Ah! — March cambaleou até o parapeito, sorrindo. Sentiu a madeira bater contra a cintura, tentou pegar nela com a mão, não encontrou nada além de ar, e então estava tombando para trás, com os pés se elevando no ar, e puta que pariu, estava passando por cima do corrimão.

Bateu no chão com força, caindo em cima do declive íngreme e cheio de grama, e rolando ladeira abaixo, chocando-se contra pedras e raízes e dando giros completos no ar. Estava tão chocado que nem tentou proteger o braço quebrado ou o torso, nem o braço bom, nem mesmo recolheu a cabeça. Ficou só quicando que nem uma boneca de pano até que a gravidade o lançou contra o tronco de uma árvore, provocando um impacto que tirou todo o ar do peito dele. Estava arfando, tentando encher os pulmões.

Lá em cima, no parapeito, a garota com a mantilha de guerra indígena estava batendo palmas alegremente.

— Uhul! Isso foi demais! — Depois se afastou para encontrar outra pessoa com quem conversar.

23.

Milagrosamente, March parecia não ter quebrado mais nada — nem mesmo o copo que estava segurando quando caiu por cima do parapeito, embora a bebida que havia nele tivesse desaparecido em algum lugar no meio do caminho. Sentou-se na grama e sentiu o corpo para se certificar de que todas as partes vitais estavam presentes e respondendo aos seus comandos. Elas estavam — mas o coldre estava vazio.

— Merda! — gritou. — Merda! Minha arma...

Ficou de quatro, dando patadas na grama, procurando pela arma perdida.

Por trás de um árvore próxima, um movimento rápido o assustou. Uma mulher com um vestido amarelo-canário estava espreitando por trás de um galho.

— Jesus — ele disse —, você me assustou.

A mulher não respondeu nada. Tinha cabelo castanho e mais ou menos essa altura...

March semicerrou os olhos.

— Eu conheço você?

Ela parecia assustada.

— Eu não estou aqui pra machucar você — continuou, ficando em pé de novo e estendendo as palmas das mãos conciliatoriamente. — Estou só procurando a minha arma.

Ela partiu em disparada, correndo para longe dele em meio às árvores o mais rápido que podia.

— Será que isso foi...?

Ele deu alguns passos na direção dela, bateu em alguma coisa com o pé e se agachou. A arma dele.

— Encontrei! — gritou, mas ela já estava longe dali.

Checou a arma para ver se havia sido danificada — tão bem quanto podia na escuridão — e a colocou no coldre. Então se sentou com as costas apoiadas na árvore mais próxima, sacou um cigarro amassado do bolso do casaco e o acendeu.

Algo na borda do campo de visão dele lhe chamou a atenção, uma imagem vacilante no canto do olho. Virou-se para ver melhor o que era.

Um corpo morto o encarou de volta — ou teria encarado se não estivesse sem a metade do rosto. O que deveria ser um olho arregalado, embora morto, era um ferimento de saída sangrento, os resquícios de um tiro na parte de trás da cabeça. Parecia carne crua. March sentiu bile subindo pela garganta.

O cara estava vestindo uma camisa de *smoking* com babados. Tinha uma barbinha pontuda, como a de um professor universitário. E metade da cabeça dele havia explodido.

March começou a hiperventilar.

Por quê? Por que essas coisas aconteciam com ele?

Por que Healy não encontrou o corpo ao invés dele?

Falando no demônio...

Do parapeito de onde havia se lançado de cabeça, escutou uma voz familiar chamar o seu nome.

— March? March?

Healy, Deus o abençoe, era Healy. Mas estava soando como se estivesse muito longe dali.

March tentou juntar forças para lhe responder.

— Hhh...

Isso era tudo que estava conseguindo dizer. Tentou de novo:

— Hhhh....

Estava se sentindo como Costello num filme antigo de Abbott e Costello, tentando contar a Abbott que havia acabado de ver um fantasma, ou a Boris Karloff ou tanto faz.

— Hhh... Hee... Heeeallly!

— March? — Healy estava perto da piscina, e então correu até o parapeito e espreitou pela escuridão.

March ficou de pé de algum jeito.

— Healy! Vem aqui! Vem aqui em baixo! — Não gostou do tom de súplica da própria voz, mas às vezes não dava para se importar com coisas assim, e essa era definitivamente uma destas vezes.

Healy olhou de cima para ele.

— Que merda que você está fazendo aí em baixo?

— Vem aqui em baixo!

Healy tomou um caminho mais cuidadoso, passando por cima do parapeito em um lugar onde podia andar sobre o gramado e então percorrendo-o lentamente. Quando chegou à árvore, March apontou um braço na direção das raízes dela, que estavam imersas em sombras.

— O que foi? — Healy quis saber.

March apenas apontou de novo, e Healy observou com mais atenção.

— Merda...

— Eu vou vomitar agora — March disse.

Healy se aproximou do corpo.

— Porra, quem é esse? — Claramente não queria fazer aquilo, mas não tinha alternativa. Apalpou o casaco do homem morto, finalmente encontrando a carteira dele. Um cartão da Master Charge lhe disse quem era ele.

— Esse é o Sid Shattuck — declarou.

March apertou as pálpebras.

— Não me diz isso. Ah, não. Merda. — Bateu o punho contra a perna. O que, sabe como é, doeu. Fez uma anotação mental para não repetir aquilo.

— O que é que está acontecendo aqui? — Healy perguntou. — Todo mundo que trabalhou nesse filme da Amelia... o namorado, e a Misty, agora o Sid... está todo mundo morto.

— Antes de irmos solucionar o crime do século, — March disse —, vamos lidar com essa porra desse cadáver apodrecido.

— Como assim?

— A gente tem que se livrar dele — March respondeu.

— Por quê?

— Eu perdi a minha arma, tinha uma garota, ela pode dizer que eu estava...

— Certo — Healy concordou. Olhou ao redor. Pousou os olhos sobre a cerca. — Eu tenho um plano. Você vomita, aí a gente se livra do corpo.

March foi até a árvore e vomitou.

Lá em cima, Holly estava vagando pelos corredores da mansão de Sid Shattuck, metendo o nariz aqui e ali. Já havia visto algumas coisas em que sabia que os amigos nunca iriam acreditar, e estava ansiosa para contá-las a eles, mas o que não havia visto fora qualquer sinal de Amelia. Também não havia visto nenhum sinal do pai, graças a Deus, ou de Healy desde a sala de projeção, mas por quanto tempo a sorte dela poderia durar?

Passou esbarrando em uma mulher que estava dizendo "Eu sei, não é?" para um homem que estava sentindo o peso dos peitos dela com as palmas das mãos, e seguiu o caminho até o pátio de entrada no lado de fora da casa. Mais uma ala da casa e então teria estado em todos os lugares...

Um vulto se elevou sobre ela, uma mulher que passava a impressão de ter o dobro da altura de Holly, e um pouco daquilo se devia ao fato de estar usando sapatos de plataforma impressionantes. Quando ela falou, mostrou um sotaque britânico elegante que lembrou Holly da própria mãe. Se a altura de amazona da mulher por si só não houvesse sido o bastante para intimidá-la, o sotaque teria dado conta do assunto.

— Ei — a amazona disse.

— Ham, oi.

— É você que está perguntando pela Amelia? — a amazona perguntou.

— Eu, ham, talvez tenha falado alguma coisa sobre isso — Holly respondeu.

— O que você quer com ela?

O que papai diria, o que papai diria...

— Ela é a minha irmã — Holly disse —, sabe, e é... eu preciso avisar a ela. Tem dois caras estranhos por aí, e eles estão perguntando "Onde ela está, onde ela está?" Fiquei meio que com medo. — Engoliu em seco. Não estava muito difícil se fingir assustada naquele momento.

A amazona a examinou cuidadosamente e pareceu chegar a uma decisão.

— Você parece ser uma menina decente. Vou levar você até ela.

Holly concordou com a cabeça, nervosa e mostrando um sorriso desconfiado, e seguiu a amazona em direção à porta da frente.

Healy havia perdido no par ou ímpar e estava carregando Sid Shattuck pelos ombros, com uma mão em cada axila do homem. A cabeça arruinada estava pendendo contra ele, deixando manchas de sangue na sua camisa. March estava segurando os joelhos de Shattuck e estava no meio deles, andando de costas. Estava apressando Healy.

— O que eu não estou conseguindo entender — Healy disse — é como você viu ele de lá de cima.

— Fala sério, só anda — March respondeu.

— Você não caiu ladeira abaixo, caiu?

March apenas grunhiu e continuou andando em direção à cerca.

— Você caiu ladeira abaixo? Você está bêbado, porra?

— Eu tomei duas ou três bebidas, no máximo.

— É, por isso que você não está conseguindo andar em linha reta.

— Ah, por favor. Eu estou carregando um corpo e estou com o pau dele na minha cara, desculpa e se eu não sou um Bakishnirov....

— Você não está nem conseguindo dizer "Baryshnikov". — Chegaram à cerca e Healy colocou a carga dele no chão, deixando March segurando sozinho as pernas de Shattuck no ar. — Você caiu, não caiu? Você caiu ladeira abaixo. Você fica bêbado, perde a arma, pula de cabeça do parapeito, e agora vai me dizer que é tipo uma artimanha sagrada e tradicional de detetives, não é?

— Lá estava muito escorregadio, está bem? Eu estava na piscina, eu...

— Você estava na piscina?

March soltou as pernas de Sid.

— Estava.

— Por quê?

— Eu tinha que interrogar as sereias. O que é que você estava fazendo enquanto eu estava trabalhando?

Healy ficou sem palavras. Não conseguia pensar em porra nenhuma para dizer.

— Obrigado — March disse.

— Vamos nos livrar desse cara — Healy murmurou.

Levantaram Shattuck de novo e o carregaram até a cerca no limite da propriedade. Jogariam o corpo por cima dela, e então ele seria problema de outra pessoa. Com alguma sorte, ficaria despercebido embaixo de uma árvore por um bom tempo. Céus, talvez os vizinhos estivessem fora da cidade; talvez nunca viessem até esse canto remoto da propriedade; talvez nunca o encontrassem.

Com alguma sorte.

Contaram até três e o empurraram por cima da cerca. Esperaram até escutar o estampido do corpo aterrissando no chão.

Ele aterrissou — mas não provocou um estampido. Ao invés disso, escutaram o barulho de vidro quebrando e galhos se partindo e pratos se estilhaçando e talheres caindo. E gritos — muitos gritos.

Espreitando por cima da cerca, viram Shattuck estirado sobre os destroços de uma longa mesa de jantar, com uma, duas, três, quatro, cinco, seis pessoas sentadas ao redor com roupas chiques de jantar. Bem, não sentadas. Não mais. E aquilo era... uma noiva?

Healy e March trouxeram as cabeças de volta para o lado deles da cerca e saíram correndo para cacete.

— Entra no banco de trás, queridinha — a amazona disse, e abriu a porta de uma longa limusine parada na entrada da garagem.

Holly não estava certa de que aquela era a melhor ideia. Por que a Amelia estaria em uma limusine? Mas não sabia mais o que fazer. Então entrou.

— Essa garota está dizendo que é irmã da Amelia — a amazona disse para alguém dentro do carro. Então a porta se fechou por trás de Holly com um clique.

Os olhos dela levaram um momento para se ajustarem, mas mesmo antes de isso acontecer, sabia que estava com problemas. Havia só uma pessoa no carro com ela, e não era Amelia. Era um homem, não uma mulher. E quando ele se inclinou para a frente, viu que o rosto dele estava manchado com um tom vívido de azul.

24.

O homem do rosto azul bateu palmas e deu uma risadinha de uma forma profundamente perturbadora.

— Isso é verdade? Irmã dela — disse com a voz baixa. — Bons tempos.

— Eu... tem uma pessoa me procurando — Holly respondeu.

— É mesmo? — o homem debochou.

Ela mexeu na porta, tentando abri-la. Ele se inclinou na direção da menina e afastou as mãos dela da porta.

— Ei, ei, não mexe nisso. — Agitou um indicador longo no rosto dela. — Só senta e fica confortável. A gente vai ter uma conversinha. Maninha.

Se ela houvesse conseguido abrir a porta de novo, poderia enfim ter visto o pai rapidamente, e Healy também, já que ambos estavam andando tão rápido quanto podiam pelo piso do segundo andar em direção à escada da garagem. Antes de alcançarem a escada, Healy foi pego em uma emboscada pela loira da sala de projeções, que queria saber por que ele não havia ficado para ver o resto do filme dela. March não parou. Precisava sair dali, ir para algum lugar bem longe, longe de cadáveres e ladeiras com grama e pessoas loucas. Healy o alcançaria. Caso não alcançasse, ele podia tomar conta de si mesmo. Não era ele que estava com o braço quebrado.

March desceu a escada correndo, olhou em volta para procurar o manobrista, encontrou-o, depois apalpou os bolsos para procurar o comprovante do estacionamento. Ah, por favor. Faça com que não esteja lá no barranco...

Encontrou o que estava procurando, e tirou o comprovante do bolso.

Healy, enquanto isso, havia deixado a conversa com a loira e estava se apressando para alcançar o companheiro. Na pressa, esbarrou com o ombro em um cara com um terno carmesim de três peças que estava andando na outra direção.

— Desculpa — disse, mal notando o outro homem. Mas o outro homem o notou.

— Ei — o homem disse, ficando com uma expressão severa. Estendeu a mão e o cutucou na parte de baixo das costas.

Foi então que Healy o reconheceu: o cara mais velho, do apartamento dele — o negro com óculos de marfim, embora não o estivesse usando agora, o que havia escapado por um triz do tiro da escopeta de Healy. O que estava trabalhando com o Cara Azul.

O que estava com a .38 na mão.

Alguém na multidão gritou quando Healy pegou o braço do cara e a arma disparou, a bala ricocheteando numa grade de proteção acima deles. Mais pessoas gritaram quando os dois se atracaram, Healy acertando um soco firme no torso do cara. O que não daria pelo soco inglês agora. O homem podia ser mais velho, mas a barriga dele era que nem a merda de uma pedra. Lutaram pela arma e ela disparou de novo, abatendo um garçom que estava de passagem.

March olhou por cima do ombro para o sopé da escada enquanto os primeiros gritos cresciam até se tornarem um pânico total, com as pessoas se pisoteando para sair como podiam do caminho das balas.

Viu Healy se atracando com o outro homem próximo à banheira de hidromassagem enquanto as pessoas nela pulavam da água que nem focas no zoológico, um homem vestindo a parte de baixo de um biquíni chamativo e outro com nada além de uma ereção. Jesus. March estava tão satisfeito por ter mandado Holly para casa. Era um bom pai.

Porém, era um bom detetive? Aquele era o seu cliente ali em cima, possivelmente lutando pela própria vida. Tinha um dever com ele, ou talvez ele tivesse, March sinceramente não conseguia se lembrar de muita coisa do exame do licenciamento, e o seu senso ético não era muito rígido. Meio que pensou que talvez devesse ir ajudá-lo, mas... Braço quebrado. Isso tinha que ser um passe livre, não tinha?

E Healy era um cara grande, podia cuidar de si mesmo. March gesticulou para o manobrista.

Naquele momento, Healy não estava cuidando tanto de si mesmo quando estavam cuidando dele. O cara mais velho tinha um punho que combinava com a barriga de aço, e o estava usando para forçar a cabeça de Healy para trás, com a palma de uma mão empurrando o queixo do oponente. Healy o mordeu com força, enchendo a boca com os dedos dele, e o homem urrou de dor. Giraram atracados, e se chocaram contra a borda da banheira de hidromassagem. A arma disparou de novo, e dessa vez a bala passou pelo lado deles e atingiu diretamente o ombro do homem com pernas de pau, que desabou que nem uma árvore cortada.

Healy estava se esforçando para torcer a mão do homem, virando a arma lentamente na direção dele. Se conseguisse apontá-la para ele e apertar o dedo do cara no gatilho...

Mas o cara não estava deixando nada disso acontecer. Acertou uma enxurrada de golpes no rosto de Healy, o que fez com que fosse cambaleando para trás. O cara ficou com a mão que estava segurando a arma livre, e a apontou para Healy. Desesperado, Healy bateu na arma e a fez voar bem na direção da banheira de hidromassagem, onde afundou na mesma hora.

Healy deu um chute com brutalidade, atingindo o cara mais velho na barriga e o fazendo cambalear para trás, na direção da escada. Mas o cara era um profissional e se recuperou em um instante. Colocou a mão no bolso da calça e sacou um canivete que abriu com um movimento do pulso. A lâmina longa brilhava sob as luzes do *deck*.

Healy tirou o casaco, enrolou-o no braço e esperou agachado ao lado da banheira. O cara avançou, agitando a lâmina e com um olhar impiedoso. Healy bateu com o próprio antebraço no antebraço dele quando o homem o atacou com a faca. Tentou acertar um ou dois socos antes que o cara pudesse deslanchar outro golpe com a lâmina, mas ele era rápido. Acertou Healy com a faca, atravessando o casaco e tirando sangue dele. Healy o afastou.

— Merda!

Que por acaso era exatamente a mesma palavra que estava escapando dos lábios de March naquele instante enquanto observava a cena, com o pescoço esticado, da entrada da garagem abaixo, com a fuga interrompida a meio caminho do posto dos manobristas. Continuou repetindo a palavra para si mesmo — "Merda, merda, merda" — enquanto se virava estupidamente e corria de volta em direção à escada.

Quem era a merda do Healy para ele, para que se colocasse em perigo para ajudá-lo? Hein?

Mas lá estava ele, correndo até a escada enquanto todo mundo estava fugindo na direção contrária, tentando se afastar dali. Poderia se sentar e pensar bastante sobre aquilo depois, mas, agora, chegaria ali em cima, porra.

Na traseira da limusine, Holly estava aterrorizada.

Em outra criança de treze anos, aquilo poderia ter causado uma paralisia, mas ela estava se arranjando por si mesma já há um tempo agora e não iria deixar um psicopata de cara azul qualquer levá-la para dar uma volta sem uma luta. Pegou na maçaneta da porta de novo.

— Eu preciso ir agora mesmo — ela disse, com firmeza, e quando o cara tentou puxar a mão dela da porta, ela o empurrou para trás com força. — Sai de perto de mim — gritou, e se apressou na direção da porta. Dessa vez conseguiu destrancá-la antes que ele a pegasse.

A porta se abriu, e por ela os dois viram o manobrista no posto dele, e ao seu lado uma mulher de cabelo castanho e com cara de assustada usando um vestido amarelo-canário.

— Eu preciso do meu carro, eu preciso do meu carro — ela estava dizendo.
— Corre!

Por baixo das pálpebras azuis, os olhos do homem brilharam ao reconhecê-la. Ele empurrou Holly de volta para o assento do carro com um braço e a segurou ali enquanto apontava uma arma pela porta com o outro.

— Não se mexe, porra! — ele rosnou para ela.

Ele ajeitou a mira, com o dedo firme contra o gatilho.

Holly se mexeu, porra. Esticou-se por baixo do braço dele em direção à maçaneta da porta e a fechou com força na mão dele. Escutou ossos se quebrando enquanto a arma disparava, o tiro errando a garota e ao invés disso atingindo as chaves penduradas do manobrista. Uma centena de chaves de carro caíram amontoadas no chão, fazendo barulho.

— Porra! Filha da puta! Minha mão, caralho!

Holly não esperou para escutar mais nada. Saiu atrapalhada do carro gritando:
— Amelia! Corre!

March escutou a arma disparando, virou-se para olhar, viu a garota do bosque — vestido amarelo, cabelo castanho, era Amelia, claro que era, porra — e, por trás dela, outra garota, mais nova, menor, mais magra, correndo no encalço de Amelia. Desapareceram pela encosta de um morro em direção à estrada.

A mais nova também parecia familiar, de algum jeito.

Não, espera. Não podia ser. Isso era impossível...

— Holly? Holly! — Foda-se Healy. Abaixou a cabeça e disparou pela multidão, empurrando as pessoas com os cotovelos, com o gesso, os ombros, não se importava, era a porra da filha dele ali. Não era mais um detetive, não era nem mesmo um pai, era a porra de um míssil teleguiado. March já havia perdido uma das duas únicas mulheres que havia amado, nem no inferno iria perder a outra.

Passou voando pelo manobrista, que apontou para os faróis da limusine enquanto ela disparava pela estrada.

— Ei, cara — o manobrista o chamou —, aquela garota que estava na sua mala? Ela estava naquele carro. Com o cara que estava atirando.

March fez que sim enquanto corria. Precisava do carro dele. Precisava de algum carro. Agora. Na saída da garagem, um homem estava entrando no banco do motorista de um Camaro vermelho, e então não estava mais, estava estirado na calçada, e March estava entrando no carro, disparando atrás da limusine.

Perto da banheira de hidromassagem, Healy estava com a situação sob controle, no sentido de que não estava sangrando até a morte. Mas não em qualquer outro sentido. Estava sangrando, por um lado, embora não estivesse com nenhuma artéria principal cortada, e o homem ainda estava empenhado na mesma tarefa, sacudindo a merda do canivete como se fosse um refugiado de Amor, Sublime Amor, só que com menos danças e estalar de dedos e Lenny Bernstein na trilha sonora.

Healy correu na direção dele, pegou o braço do outro com o dele e apertou com força, tentando fazê-lo soltar a faca, mas sem chance. Perderia se partisse para a queda de braço com aquele cara. Força bruta não iria salvá-lo naquele dia. Healy olhou rapidamente ao redor para encontrar qualquer coisa que pudesse usar em sua vantagem. Não havia muita coisa ali. A banheira, as luzes penduradas na parede. Alguns móveis virados de cabeça para baixo, nenhum deles ao alcance de Healy.

A faca estava se aproximando lentamente do rosto de Healy. Com um grunhido, ele dobrou os joelhos, apertou o braço do homem com mais força, e girou. Os dois rodaram, chocando-se contra a banheira de novo, com as costas de Healy dolorosamente pressionadas contra a quina do quadro de energia que trouxe eletricidade para aquele cenário.

O quadro de energia?

Healy pegou o pulso do outro homem com as duas mãos e o forçou para trás, na direção dele. Isso pegou o oponente de surpresa e o obrigou a fazer força contra Healy. Foi um descuido suficiente para que Healy tivesse a chance de deslizar para o lado e afundar a ponta da faca no meio do quadro de energia.

Faíscas furiosas explodiram e o homem foi literalmente lançado ao ar, caindo com força de costas no chão a dois metros de distância, com a faca sumindo do campo de visão dos dois por trás dele. Healy havia escapado da pior parte da descarga, mas havia recebido um pouco dela. Caiu contra a banheira e se segurou na borda dela, com dificuldade para respirar e tentando desanuviar o cérebro frito. Estava sentindo o cabelo em pé.

E sabe o que mais estava em pé? Por trás dele, escutou o cara se levantando também.

Mas que inferno! O que podia fazer para parar aquele filho da puta? Tentou se virar de frente para ele, mas foi lento demais. O cara já estava em cima dele, pegando a nuca de Healy com um punho de aço e forçando o rosto dele contra a água ainda alvoroçada da banheira.

Healy tentou responder ao ataque, esforçou-se para manter o rosto levantado, mas foi forçado para baixo, na água. Os pulmões começaram a doer instantaneamente. Num dia bom, talvez conseguisse segurar o fôlego por meio minuto. E aquele não era um dia bom.

Deu chicotadas com os braços para trás, deu cotoveladas na costela do homem, forçou a cabeça para cima da superfície, lutando para respirar. Então o miserável o empurrou de novo, e estava se afogando.

Olhou ao redor desesperado. Água, água por todos os lados. Tinha um poema assim, não tinha? Lembrou-se mais ou menos da escola primária no Bronx, onde foi obrigado a recitá-lo enquanto Billy Mehl ficava espetando-o com a ponta de um lápis, o pequeno desgraçado. É engraçado o que se lembra numa hora dessas. Água, água por todos os lados...

Mas não havia água por todos os lados. Também havia algo mais ali em baixo, junto a toda aquela água, e Healy esticou o braço para pegá-lo, esforçou-se para enrolá-lo nos dedos. A princípio, pensou que não conseguiria fazer aquilo, e então sentiu o objeto na mão, fechou os dedos trêmulos ao redor dele, e puxou o gatilho.

A bala explodiu no cano da .38, atravessou a lateral da banheira e abriu um buraco do tamanho de um limão pequeno na perna do cara mais velho. Água jorrou de um desses buracos, sangue do outro. O cara caiu para trás, soltando o pescoço de Healy, e Healy se levantou apressado, com a arma na mão, o rosto vermelho, e água respingando para todos os lados. Queria se sentar e só respirar por uma ou duas horas, apenas aproveitando a bela sensação do ar entrando e saindo dos pulmões, mas o que fez ao invés disso foi se lançar à frente e bater com força no cara uma vez, duas, de novo, enchendo o rosto dele de golpes com a arma até que ficasse no chão.

Healy caiu de joelhos ao lado dele, e deu mais um golpe só para garantir. O rosto do cara estava uma porcaria sanguinolenta — não tão ruim quanto o de Shattuck, mas nem perto de um estado em que gostaria de tirar uma foto e mandar para a mãe dele. Mas Healy não sentiu nem um pingo de remorso. O desgraçado havia tentado matá-lo.

O cara estava dizendo alguma coisa, murmurando enquanto Healy levantava o punho de novo para levá-lo a nocaute. O cara levantou as mãos, fraco.

— Não... por favor... minha perna...

Healy hesitou. Olhou para a perna do cara. Não estava mais jorrando sangue, mas também não parecia estar nem um pouco boa.

O homem estava tentando ficar sentado.

— Eu juro por Deus — Healy disse, mirando a arma nele —, se você se levantar, eu vou atirar no seu pau. — O homem se deitou de novo.

— Eu posso... Eu posso pagar a você — o homem murmurou com os lábios desfigurados.

— Você está tentando negociar comigo?

— Você nunca mais vai me ver de novo...

Healy pensou sobre aquilo. Esse cara era um profissional, diferentemente do amigo de rosto azul dele, que era só a merda de um psicopata. Com profissionais, ele podia trabalhar.

— Onde é que você vai ficar?

— Em Michigan.

Healy se levantou.

— Michigan está ok.

Jogou a arma do homem de novo na banheira e pegou o casaco de onde havia caído. A manga estava praticamente arruinada, podia jogar tudo no lixo. Mais uma coisa para colocar na conta daquele escroto. Mas e daí? Podia comprar um casaco novo. O cara teria que comprar dentes novos.

Healy olhou por cima da borda da sacada enquanto colocava o casaco. Além da garagem ocupada por uma multidão confusa e agitada, além da encosta do morro e da estrada que fazia a curva ao redor dela, viu dois contornos correndo, duas mulheres. Estavam correndo sobre o asfalto e sob o brilho das lâmpadas de magnésio. Healy semicerrou os olhos para ver melhor. Deus do céu — conhecia as duas mulheres. E os carros cantando pneu na curva atrás delas? Parecia uma limusine preta e, uns quatrocentos metros atrás, um Camaro vermelho. Um deles devia ser March. Mas o outro...

Healy se virou e atravessou a casa correndo de volta. Não tinha chances de alcançá-los a pé. Mas se tomasse um atalho pelo bosque onde haviam encontrado Shattuck...

Talvez. Porra, talvez não fosse tarde demais.

25.

Holly estava segurando a mão de Amelia enquanto estavam correndo. A garota estava descalça, Holly não estava entendendo como ela conseguia continuar correndo, os pés dela deviam estar sangrando agora, mas não questionou aquilo, apenas continuou tentando tomar mais distância da limusine. Se conseguissem chegar até as árvores...

Mas duas garotas a pé não são páreo para um motor de 180 cavalos de força, e ainda estavam no meio da estrada quando o Cadillac preto apareceu rugindo no meio da curva. Parou cantando pneu no acostamento e a porta de trás se abriu. Ficaram na mira proverbial dos seus inimigos, só que a mira não era proverbial, era real, bem como o cara de rosto azul que estava mirando com a arma na direção delas.

De repente escutaram o som de outro motor de carro, alto e ficando ainda mais alto, e o homem com a arma girou para ver o que era aquilo. Holly puxou Amelia pela mão e as duas correram que nem lebres para o aglomerado de árvores, fugindo cegamente em direção à curva seguinte da estrada. Se conseguissem fazer um sinal para alguém, um outro motorista, qualquer um — talvez conseguissem ter alguma chance de sobreviver àquela situação.

Por trás delas, Holly escutou tiros cortando o céu noturno, mas as balas não pareciam estar atingindo nada perto delas, então simplesmente manteve a cabeça abaixada e correu.

*

O que as balas atingiram foi o para-brisas do carro que o pai dela havia roubado, e depois a porta do motorista e a mala enquanto o Camaro derrapava, passando pelo atirador e indo em direção a uma árvore gigantesca. O para-choque da frente ficou amassado que nem uma embalagem de bala e March levou um golpe do volante bem no esterno, e quando dobrou o torso bateu também a testa.

— Ai! — disse, piscando para conseguir recuperar a visão. Estava vendo tudo dobrado — dois atiradores correndo em direção às árvores atrás da filha dele, dois Healys saindo de forma atrapalhada do bosque no outro lado da estrada e descendo a encosta íngreme em direção a onde March estava.

Dois Healys?

March estendeu uma mão trêmula na direção dos contornos do outro lado do para-brisas rachado.

— Ei...

— Você está bem? — os Healys perguntaram, em uníssono. Os contornos deles estavam se separando e se juntando, separando e juntando. Agora pareciam irmãos siameses. — O carro ainda está funcionando? — os Healys queriam saber. March encolheu os ombros. — Para de ficar de bobeira, porra! Vamos lá! — Os Healys não esperaram, só correram para dentro da floresta.

É, bom, pelo menos aquilo equilibrou um pouco os dois lados. Dois atiradores, dois Healys. Duas garotas. Merda. Os Healys estavam certos, por que é que ele estava sentado ali sem fazer nada?

March engatou a ré do carro e pisou no acelerador. O motor esquentou, tentando se soltar da árvore. Ele resmungou, frustrado, afundou ainda mais o pé no acelerador, e tentou não pensar o pior quando escutou um barulho alto de tiro a distância. Vamos lá. Finalmente o carro se mexeu, e, enquanto dirigia, pela primeira vez em muito tempo, March começou a rezar.

*

O barulho que March escutou não havia sido um tiro, embora pudesse ter sido um e por muito pouco não foi. O atirador da cara azul havia surgido do bosque a dez metros de distância de onde Holly estava segurando Amelia com um braço pela cintura e com o outro tentando fazer sinal para algum carro que passasse. Não havia sido bem-sucedida. E agora — o atirador ria consigo mesmo —, agora ela nunca seria.

Caminhou lentamente na direção delas, balançando a arma. Não estava com pressa agora.

— Parem onde estão! — ele gritou, mas era uma piada, porque elas já estavam paradas, não é? Que nem duas coelhinhas, como as que havia usado para aprender a atirar, só Deus Todo-Poderoso sabe o que aconteceria se o irmão dele o tivesse caguetado quando encontrou os bichinhos mortos no poço, mas ei, irmãozinho, é pra isso que existem animais, não é? Pra matar, esfolar, comer, não se chora por eles, buá buá, que nem uma garotinha. Nunca havia conseguido deixar o garoto mais durão, por algum tempo pensou que talvez ele fosse como um daqueles caras que às vezes aparecem na TV, que jogam pros dois times, mas não, o escroto era casado agora, quatro filhos, então devia ter aprendido a dar umas metidas de vez em quando, mas caralho do céu, o garoto era uma bichinha quando estava crescendo. De qualquer forma...

— Uau — ele disse —, vocês são rápidas! Ufa! — Riu alto. Depois levantou a arma. Aquilo era o bastante. Hora de receber o pagamento e voltar para Detroit, para o trabalho de fachada como construtor responsável por um grupo de escoteiros. Somos leais à motivação e à integridade/ Comprometidos com o juramento dos Escoteiros eternamente...

O dedo dele encontrou o gatilho, afagou-o com suavidade, depois começou a puxá-lo.

A garota, a mais nova, parecia bastante ansiosa agora, bem da forma como ele gostava, mas estranhamente ela não estava olhando para a arma. As pessoas sempre olhavam para a arma, especialmente as garotinhas. Mas aquela estava olhando por cima do ombro dele, e estava dizendo alguma coisa:

— Tem uma...

Ele se virou rapidamente, bem a tempo de ver a grade da frente de uma van a toda velocidade a cinco centímetros de distância.

Então foi levantado do chão e lançado pelo ar, a mandíbula e o ombro dele foram pulverizados, a mão que estava segurando a arma se retorceu para trás, deixando as juntas dos dedos coladas ao pulso, a pélvis foi fraturada em cinco lugares. Sentiu o sangue encharcando as calças, as meias, o peito. E então durante apenas um instante sentiu a estrada debaixo das costas. Não sentiu mais nada do pescoço para baixo depois disso, porque a espinha dele se partiu.

A van parou alguns metros depois. As garotas correram até ela, acenando, com esperanças de entrar nela, mas depois de ver o corpo estirado no meio da estrada, o motorista apenas gritou "Puta que pariu!" e saiu em disparada. Deixando Holly e Amelia trêmulas e sozinhas na escuridão. Bem, semiescuridão — a estrada estava pontilhada com lâmpadas aqui e ali, e havia uma não muito longe de onde estavam. E quase sozinhas. O corpo amontoado à frente delas ainda estava respirando.

Holly começou a andar na direção dele, mas Amelia a impediu.

— Que merda que você está fazendo?

— Ele está machucado! — Holly agitou o braço para soltá-lo e continuou a andar na direção do atirador.

— Você está louca? — Amelia perguntou. — Sai de perto dele!

— Só espera um pouco. A gente tem que ajudar ele.

Amelia observou enquanto Holly se aproximava cuidadosamente do homem caído, mas apenas durante alguns segundos. Depois se virou de costas e saiu correndo, desaparecendo em meio às árvores.

Holly se ajoelhou e pegou a mão do homem ferido. Ainda era possível ver traços de tinta azul, mesmo por baixo de todo aquele sangue. A mão dele estava tremendo. Ela tentou deixá-la firme.

— Está tudo bem — ela sussurrou. — Você vai ficar bem. Eu vou... Eu vou arranjar ajuda. — Percebeu que ela mesma estava chorando. Por quê? Por aquele homem que havia tentado matá-la? Que a teria matado com certeza? Mas a palavra seguinte saiu da garganta dela mesmo assim, e estava falando tão sério quanto já havia falado em qualquer momento dos treze anos de vida que tinha: — Sinto muito.

Healy surgiu do bosque.

— Holly? — Viu a garota então, viu o homem no chão, viu os membros emaranhados e quebrados dele, escutou Holly chorando.

— Um carro atropelou ele — Holly disse, com a voz rouca. — A gente precisa de uma ambulância!

Healy caminhou apressado até o lado dela.

— Vai ver se você consegue fazer sinal pra alguém. — Olhou para o atirador, que estava olhando de volta para ele. Os olhos do homem estavam abertos. Healy observou as pálpebras dele piscarem, observou-o respirar. — Ele está mal.

Holly encarou a cena da forma como uma criança poderia encarar um atropelamento seguido de morte, o que aquilo claramente era. Estava horrorizada, fascinada, repugnada.

— Vai — ele disse.

Ela seguiu o caminho pela estrada.

Healy esperou até que ela saísse do campo de visão dele, além da curva, depois se agachou ao lado do homem caído.

Respirou fazendo barulho.

— Você...

— É, eu.

O atirador conseguiu rir de algum jeito. Tossiu, e o cuspe que voou da boca dele estava manchado de vermelho.

— Você já — o homem disse, com a voz mal passando de um sussurro, — ouviu falar de John-Boy?

Healy balançou a cabeça, não.

— A essa altura... ele já ouviu falar de você. — Os olhos do homem se mantiveram fixos nos de Healy, com a dor disputando com a satisfação neles. — Estão mandando ele pra cá de avião — sussurrou. — Agora ele vai matar aquele detetive particular, e toda a porra da família dele. — Outra risada sacudiu o peito destruído do homem. — E aí ele vai atrás de você. Você não tem muito tempo de vida.

— Bem, amigo — Healy respondeu, dobrando um lenço que havia tirado do bolso do casaco —, nenhum de nós tem.

Abaixou a mão com o lenço e pegou no pescoço do homem.

Agora, o punho de Healy podia não ser forte o bastante para que ganhasse uma queda de braço com o parceiro daquele garoto, lá na banheira de hidromassagem, mas ele havia passado verões colhendo abacates, e laranjas e limões, e em todos os anos depois disso não havia exatamente ficado mais fraco. E a traqueia de um homem não é muito mais forte que um abacate. Não se precisa de muita força para fazê-la ceder, não, nem mesmo com uma camada adorável de tinta azul sobre ela.

Healy segurou e apertou e observou a luz nos olhos do homem se apagar.

Holly correu de volta, agitando os braços e as pernas. Ninguém sabe o que é ver alguém sem fôlego até ver uma garota de treze anos, aterrorizada e com o coração partido, arfando numa estrada no meio da noite.

— Healy! — ela gritou, quando engoliu ar o bastante para conseguir fazer isso. — Não tem ninguém aqui!

Então o olhar dela pousou sobre o homem no macadame, viu que ele não estava mais se mexendo.

Healy disse:

— Ele não conseguiu sobreviver.

Holly o encarou com uma pergunta nos olhos jovens, que talvez não parecessem mais tão jovens assim.

Ela não fez a pergunta.

Por trás dela, o Camaro acabado veio correndo pela curva e parou derrapando. March saiu do carro e Holly correu até ele, caindo nos braços do pai e sendo abraçada. Ela ainda era uma garotinha, era sim; talvez não por muito mais tempo, mas, agora, ela era exatamente isso.

— Você está bem? — March perguntou.

— Estou.

Por cima do ombro da filha, March trocou um olhar com Healy. Os dois escutaram sirenes no ar. Estavam distantes. Estavam se aproximando.

— E isso vai ser a polícia — Healy disse.

26.

As luzes vermelhas e azuis ainda estavam piscando, lançando o brilho delas sobre a cena, mas as sirenes haviam sido silenciadas, graças aos céus. Os policiais trabalhando também estavam praticamente em silêncio, ensacando o corpo, colocando-o na ambulância pelas portas de trás e limpando o sangue do asfalto o melhor que podiam depois que o fotógrafo deles e a equipe forense conseguiram o que precisavam. Todos estavam com a cabeça baixa. Ninguém reconheceu March. Já estava fora há muito tempo àquela altura.

O patrulheiro humilde que havia sido incumbido da tarefa de tomar conta deles parecia querer pedir desculpas, mas estava seguindo as instruções que havia recebido.

— Olha só — March disse, acendendo o último Camel que tinha —, você já conseguiu os nossos depoimentos, posso ir ver a minha filha agora?

— Senhor, me disseram pra manter os senhores aqui, então eu vou manter os senhores aqui. Estou só seguindo ordens.

March estava perdendo a paciência.

— Sabe quem mais estava só seguindo ordens? Hitler.

Healy olhou para ele, quase dizendo alguma coisa, depois decidiu que não valia a pena.

March levantou as mãos e chutou o chão com a ponta do pé. Era preciso mostrar um pouco de sangue em horas como aquela, não ficar parado e aguentar quieto. Não entendia como Healy podia ficar tão relaxado, tão calmo, como se fosse um Buda empalhado, como se não houvesse nada que preferisse fazer ao invés de ser interrogado de novo. Muito durão esse cara.

March apontou um dedo para o policial e estava prestes a soltar um discurso inflamado condizente com aquela situação quando a mulher mais bonita que havia visto durante toda a noite se aproximou rapidamente. Estava vestindo um blazer amarelo sob medida sobre uma blusa bege e a deliciosa pele da cor de café com leite. Estava com uma expressão firme e profissional. Acenou com a cabeça para um policial:

— Oficial. — Depois se virou para Healy e March. Ele abaixou o dedo.

— Senhor March, certo? E o senhor é... — Olhou mais atentamente para Healy, e um sorriso surgiu em meio à aparência profissional dela. — Ei, eu conheço você. Você é o, ham, cara, o cara do restaurante, não é? Do ano passado?

March olhou para eles duas vezes, encarou a mulher e Healy e depois repetiu o processo. Talvez fosse possível, com generosidade, chamar a expressão de Healy de sorridente, mas March reconhecia nervosismo quando o via.

— Sou — Healy respondeu, menos parecido com Buda agora. Parecia envergonhado com toda aquela situação. Mas qual era a situação?

A mulher fez que sim com a cabeça.

— O meu nome é Tally. Se os senhores puderem me seguir, a minha chefe queria dar uma palavrinha com os senhores. — Ela estendeu o braço na direção de um carro sem indicações de pertencer à polícia que estava parado ao lado da estrada. Janelas escuras, assunto do governo. — Por favor.

Eles a seguiram.

March disse, ao lado de Healy:

— Desculpa, o "cara do restaurante"?

— Conto pra você depois — Healy respondeu. March continuou o encarando.

— Não se preocupe com isso.

Chegaram ao carro. Tally bateu na porta traseira, e a janela escura se abriu. Por trás dela, sentada no banco traseiro, havia uma loira de meia idade, mas ainda *sexy* pra cacete, vestida com um terninho severo e de cores cruas que a deixava apenas mais *sexy*. No momento, ela parecia tensa, como se tivesse mais coisas em mente do que comer um investigador particular de um braço só, então March guardou os próprios pensamentos para si e colocou uma expressão séria no rosto, ou o mais próximo disso que conseguia.

A mulher falou com firmeza, sem abrir muito os lábios, como se a necessidade de pronunciar uma frase que fosse de conversa fiada lhe causasse dor.

— Como o senhor está?

March olhou para a cena ao redor rapidamente.

— Bem desse jeito, na maioria das vezes.

— O meu nome é Judith Kuttner — a mulher continuou. — Eu trabalho pro Ministério da Justiça.

Ela deixou que absorvessem aquela informação por um momento, e eles a absorveram, mas não completamente. E daí? March não havia imaginado que ela fosse do Ministério da Agricultura. Ele encolheu os ombros.

— Ok, bem, isso explica... basicamente nada.

Os olhos da mulher se fecharam por um momento, e March pensou que ela parecia estar se esforçando para manter a compostura. Aparentemente, o esforço obteve resultado, já que quando abriu os olhos de novo, a expressão de deixa-de--besteira estava de volta.

— Eu sou a mãe da Amelia — ela completou.

Palavra do Dia

SNAFU \sna-fu\, substantivo:
Um estado de caos ou confusão caracterizado por
erros e problemas; acrônimo militar estadunidense,
originado em 1941:
Situation Normal All Fouled [alt.: Fucked] Up[5].

---

5 N. T.: "Situação Normal Tudo Faltando [alt.: Fodido]".

27.

No escritório externo, Tally estava entretendo Holly com truques de cartas, ou pelo menos tentando. Holly não era uma criança de treze anos habitual e as tentativas de Tally estavam se mostrando infrutíferas.

— Holly? Você ainda está fazendo essa careta? O que é que eu tenho na mão?
— Fez um cinco de paus aparecer do nada. — Hein?

Holly respondeu:
— Eu sei como você fez isso.

Ela era perfeita para o trabalho que tinha, March sabia. Mas a chefe dela também era, se seria a responsável por colocá-los a par de um caso que, quanto mais olhavam, mais sombrio e confuso ficava.

Kuttner estava sentada por trás de uma mesa de madeira impressionantemente grande no escritório interno, ao lado de uma bandeira americana e logo à frente de volumes com capas de couro de regulamentos legais e algo do tipo arrumados na estante que ficava apoiada na parede dos fundos. Tudo aquilo contribuía para a ideia de que ela ocupava um cargo bem alto na organização. Não se fornecia mesas e bandeiras como aquelas para qualquer um.

— Antes de tudo, quero dizer obrigada — Kuttner começou, com a voz ainda mostrando uma boa carga de esforço emocional, mas não tão fria como havia sido na cena do crime. — Estamos assistindo todos os inquéritos, e parece que os senhores podem ter salvado a vida da minha filha.

— A Holly foi a maior responsável por isso — Healy disse. — A filha dele.

March encolheu os ombros.
— É a genética.

Parecendo sentir que deveria fazer alguma espécie de gesto, Kuttner apontou para uma tigela de vidro no canto da mesa.

— Os senhores gostariam de uma bala de menta?

March olhou de relance para Healy, viu o homem fazer que sim com a cabeça e pegou um punhado de uma forma desleixada.

E isso era o máximo de amabilidades sociais de que aquela mulher era capaz. Ela foi direto ao assunto.

— Eu preciso da ajuda dos senhores. Mas essa situação é bem séria, bem delicada. Eu preciso saber se posso confiar nos senhores.

Healy respondeu:

— Estou meio que achando que, sabe como é, a senhora talvez não tenha muita escolha.

— Bem, mesmo assim, eu preciso saber. O meu trabalho pode ser bastante público às vezes. O papel do meu escritório em alguns casos de destaque me obriga a ser cuidadosa com as pessoas com quem me associo.

— Ei — Healy disse, estalando os dedos —, é daí que conheço a senhora! Da TV. A senhora está processando aquele... aquele negócio da companhia de carros.

Kuttner concordou com a cabeça, parecendo apenas um pouco mais confortável do que Healy havia parecido quando Tally se lembrou dele do restaurante.

— O processo sobre o catalisador, é. Um litígio contra companhias de automóveis pra lidar com a poluição. Isso ocupa metade do meu dia. A outra metade eu gasto com pornografia.

March se agitou. Não sabia porra nenhuma sobre catalisa-tanto-faz, mas o outro assunto era da praia dele.

— É mesmo? Que tipo? A senhora gosta de quais filmes? Qual é o seu preferido?

Healy fez que não com a cabeça e murmurou para ele:

— Não, não... contra, ham — riu, desconfortável, olhando na direção de Kuttner, que estava sentada com uma expressão séria —, contra a pornografia.

— Certo — March respondeu. Fez que sim com a cabeça e tentou parecer como se estivesse querendo dizer aquilo desde o começo.

— Como se fosse uma guerra pessoal — Healy completou.

March concordou mais com a cabeça.

— Eu devo anotar isso?

Healy respondeu:

— Aham, anota isso. — March pegou uma das canetas que estavam sobre a mesa, encontrou um pedaço de papel.

— A Máfia de Vegas está tentando expandir as operações de pornô deles até o Hollywood Boulevard — Kuttner disse, e March fez um barulho com a língua que esperava ter soado desaprovador. — E eu estou fazendo tudo o que posso pra impedir isso.

— Obrigado — March respondeu, fazendo que sim com a cabeça com uma expressão séria. A caneta dele se mexeu, e ele balbuciou as palavras enquanto as escrevia: — Pornô... é... ruim...

Healy pulou no meio da conversa.

— Espera, tem uma coisa que eu não estou entendendo. A sua filha, ela fez um filme com o Sid Shattuck...

— Ela não fez um filme, sr. Healy, ela escreveu e coproduziu um filme, e a amiga dela dirigiu. Isso não é bem a mesma coisa.

— Mesma coisa que o quê, foder na frente das câmeras? Não, imagino que não. Mesmo assim — Healy continuou, jogando as palavras de Kuttner contra ela, —, se a mãe dela está diretamente envolvida com uma guerra contra o pornô... Eu só me pergunto, por que ela faria isso, quando sabe que isso seria extremamente vergonhoso profissionalmente pra senhora?

Kuttner suspirou.

— Porque ela queria que isso acontecesse. Ela queria me envergonhar. Ela dá uns ataques. Nós temos um relacionamento complicado.

March fez que sim com a cabeça, simpatizando com ela dessa vez. O arsenal de acenos com a cabeça dele estava sendo bastante exercitado nessa noite: sério, simpatizante.

— Mães e filhas, é duro.

Kuttner ficou apenas encarando-o.

— Está certo — Healy prosseguiu —, então esse filme está por aí.

— Não — Kuttner respondeu —, não tem mais nenhum filme. Aconteceu um incêndio. Esse amigo da Amelia que eu mencionei...

— O Dean — Healy disse, e Kuttner pareceu surpresa. — É —, Healy explicou, — a gente foi na casa dele. Bem, no que restou da casa dele.

— Aparentemente ele estava editando o filme quando o incêndio começou — ela acrescentou. — Todas as gravações foram queimadas. Tudo.

— É — Healy complementou. — E o Dean também.

— Sra. Kuttner? — March se inclinou na direção dela. — A senhora sabe por que todas as pessoas envolvidas com esse filme estão morrendo?

— Eu não faço ideia, sr. March. Gostaria de saber. Só sei que a Amelia está em perigo.

— Por que a senhora não coloca ela em custódia preventiva? — Healy perguntou. — Quer dizer, depois de hoje à noite ela deve estar bastante assustada, talvez ela queira ficar em casa...

— Ela não confia em mim — Kuttner respondeu. Foi doloroso admitir aquilo, aparentemente. — Ela me vê como o governo, e ela não confia no governo. Ela acha que eu estou por trás de tudo isso. Ela está lá fora em algum lugar, e não vai ligar pra casa porque acha que a mãe vai mandar matarem ela. — Jesus, será que ela estava chorando? Essa mulher forte?

Healy pegou o lenço do bolso do casaco.

— Aqui, quer usar isso? — Todos olharam para o lenço, com as manchas de sangue brilhando sob a luz fluorescente do escritório.

— Não, obrigada. — Kuttner abriu a gaveta da mesa e pegou um talão de cheques. Abriu o talão sobre o colo e tirou a tampa de uma caneta. — Eu quero contratar os senhores. Por favor: encontrem ela. Protejam ela.

March se recostou na cadeira. Agora estavam chegando a algum lugar, e era um lugar de que gostava.

— Ok — ele disse —, a senhora pode contratar a gente, mas a gente não é barato. Esse é um trabalho bastante intenso, e por algo desse tipo diria...

Kuttner já havia começado a escrever no cheque.

— ... a gente não pode fazer por menos de cinco mil dólares — March completou.

A caneta parou sobre o talão de cheques.

Ele acenou com a cabeça. Determinado.

Ela olhou para o próprio colo, para o que já havia escrito, fora do campo de visão dos detetives. Para: Investigações March, Quantia: Dez m

— Ok — ela disse. Rasgou o cheque no meio, pegou as metades e rasgou de novo, depois começou a escrever em outro.

March piscou na direção de Healy. Cola comigo, professor. Posso ensinar uma ou duas coisas a você.

Quando a tinta secou, Kuttner entregou o cheque de cinco mil dólares. March o colocou no bolso, depois olhou por cima do ombro, para o escritório externo. Holly estava sentada em silêncio e Tally estava de frente para ela, com um sorriso largo no rosto. Deus, aquele sorriso.

March estendeu o braço na direção dos cartões de visita sobre a mesa de Kuttner e pegou um deles.

— Posso levar um desses?

— Tudo bem — Kuttner respondeu. Parecia ansiosa para tirá-los do escritório dela.

— Ham, a Tally também tem um cartão? — March perguntou, casualmente. Ou pelo menos queria que soasse casual. — A gente não deveria levar um dela também? Só pra caso a senhora não, ham, esteja pela região? Sabe como é, se a gente precisar entrar em contato com alguém...?

O olhar de Kuttner poderia cortar vidro.

— Está bem — March disse —, vou pedir pra ela mesmo.

— Sra. Kuttner — Healy lembrou —, uma coisa que poderia nos ajudar, na verdade, é uma foto da sua filha. Estou vendo que a senhora tem uma ali... — Apontou com a cabeça na direção de um porta-retratos de metal com uma foto instantânea de Amelia.

Kuttner pegou o porta-retratos e o entregou a Healy.

— Só encontra ela, sr. Healy.

28.

Holly estava dormindo agora. Parecia que L.A. inteira estava, exceto por Holland March e Jackson Healy. March estava sentado no trampolim da piscina na parte de trás da casa dele, ao lado de uma garrafa de uísque, encarando as profundezas de concreto da piscina, que nunca havia se dado ao trabalho de encher. Não com água, pelo menos. Havia uma camada considerável de guimbas de cigarro lá embaixo, e ela estava crescendo. Los Angeles, lar do maior cinzeiro do mundo.

Foda-se, a casa era alugada. Só iriam ficar ali até poderem reconstruir a casa antiga. Tentou explicar isso a Healy quando o cara começou a encher o saco dele por causa das guimbas na piscina.

— A minha casa pegou fogo — disse. — Exatamente como a do Dean. Puf. Como o Chet disse. Realmente fez um barulho parecido. Puf.

— Sinto muito.

— É. — March tomou outro gole do uísque. Limpou a boca da garrafa e a ofereceu para Healy, mas o desgraçado a rejeitou de novo.

— Mas que merda! Eu tenho mau hálito ou alguma coisa assim?

— Não — Healy respondeu —, é só que eu tenho uma alergia a álcool.

— Sério?

— É, eu acabo algemado.

— Engraçado — March disse, mas abaixou a garrafa de novo, não insistiu. Ele mesmo já havia sentido o impulso de largar a bebida. Nunca havia cedido àquele impulso, mas não era como se nunca o tivesse sentido.

— Ei — Healy começou —, sabe, tem uma coisa me incomodando de verdade. A Kuttner está cuidando desse processo dos carros, certo? E os dois caras que estavam atrás da Amelia, eles eram dos arredores de Detroit. O cara da banheira disse que ia voltar pra Michigan. E o cara morto? Eu olhei a carteira dele antes de a Holly voltar. O nome dele era Gilbert Dufresne, de Livonia, em Michigan.

— E daí?

— E daí que as companhias de carro com certeza teriam motivos pra querer prejudicar a Kuttner. Eles adorariam colocar as mãos naquele filme, usar ele pra chantagear ela.

— Ok.

— Mas o que eu não entendo é por que eles iriam querer matar a Amelia. Imaginaria que eles iriam amar ela, se ela estivesse querendo envergonhar a mãe. Inimiga da inimiga deles, certo?

— Claro — March respondeu. Não estava escutando.

— Além disso — Healy continuou —, eu encontrei isso no escritório do Shattuck. — Pegou o pedaço de papel em forma de vaca no bolso. Estava amassado e com marcas de água devido à aventura na banheira de hidromassagem, mas ainda estava legível.

28-10 Apt Burbank
West, P D, 10:30pm

March se inclinou precariamente para espreitar o papel.

— O que é isso, um porco?

— Não — Healy respondeu —, é uma vaca rosa.

— Ah, uma vaca.

— Quando a Amelia me passou o seu endereço — Healy explicou —, ele estava escrito num pedaço de papel igual a esse, também escrito a mão. Por isso estou achando que foi a Amelia que escreveu isso aqui também, e isso pode significar que ela está planejando viajar de avião pra algum lugar. Portão D, Aeroporto de Burbank.

March endireitou a postura, um pouco inseguro.

— Eu acho que você encontrou alguma coisa. A gente pode falar sobre isso amanhã? ... À tarde?

Healy jogou as mãos para cima. Esse cara...

— Aham, a gente pode fazer isso.

— Obrigado.

March tomou outro gole grande, e Healy começou a se afastar, voltando para dentro da casa.

— Ei... — March disse, com um sorriso irônico. — Você não é aquele cara do restaurante...?

Healy olhou para ele com a expressão mais malévola que conseguia fazer, com as sobrancelhas abaixadas. Normalmente, aquele olhar teria assustado March, mas ele estava bêbado pra caralho e nada naquele mundo verde de Deus o deixaria assustado agora. Além disso, Healy não parecia tão assustador depois que se passava a conhecê-lo. Praticamente parecia fofinho, por Deus do céu.

Aquele cacho de cabelo caindo sobre a testa que nem um garotinho, aquele olhar de cachorro triste quando não queria falar sobre alguma coisa.

— Vamos, — March lhe implorou —, vamos, vamos, vamos, vamos, vamos. Eu tenho que saber.

— Eu não quero entrar nesse assunto.

— Você tem que entrar nesse assunto. Você é o cara do restaurante. — Ele sorriu e encolheu os ombros. Como se fosse culpa da lei e ele estivesse apenas seguindo ordens. Lembrou-se das táticas dos dias em que estava na ativa.

Healy soltou um suspiro profundo, que parecia ter vindo de algum lugar no meio do peito.

— Está bem.

— Isso! — March ficou numa posição mais confortável sobre o trampolim, deitado de costas com as pernas balançando, deixou os olhos se fecharem e ficou apenas escutando a voz de Healy. O cara tinha uma voz do cacete. Grossa e rude, mas de algum jeito também tranquilizadora. Ele poderia fazer um bico como narrador de documentários sobre a natureza.

— Ok — Healy começou. — Há cerca de um ano, eu estava num restaurante em Hollywood. Um Denny's.

— Aham.

— Apareceu um escroto com uma escopeta e começou a ameaçar as pessoas — Healy continuou.

— Eu estou amando — March murmurou. — É a melhor história que já escutei na minha vida.

— Então eu fiz alguma coisa quanto àquilo — Healy disse. — Eu reagi. Não planejei nada, eu não, você sabe o que estou falando... Eu só reagi.

Healy estava parado confortavelmente na borda da piscina vazia, uma brisa fresca estava brincando com as bochechas e bagunçando o cabelo dele, mas também estava se lembrando de como havia se sentido quando estava sentado naquele balcão, quando escutou o estouro e os cartuchos tilintando ao caírem no chão. As pessoas gritando. Pratos quebrando.

O cheiro de pólvora no ar.

— Eu dei conta do cara — continuou. — Não fui nem pago por isso. Acabei com uma bala no bíceps e quinhentos dólares em contas de hospital. Foi uma burrice, na verdade.

Era um cheiro que ficava nas pessoas, o de pólvora. Ficou sentindo aquele cheiro por dias, mesmo depois de sair do hospital. Os peixes dele estavam tão famintos quando finalmente o viram de novo que comeram metade de uma lata de comida de peixe em uma refeição. Havia-os alimentado com dedos que fediam a enxofre e fumaça de tiros.

Os peixes dele. Os coitados dos peixes dele.

— Quando penso sobre isso — Healy disse, e parou um pouco para pensar sobre aquilo agora —, acho que foi o melhor dia da minha vida.

Olhou para o trampolim. March estava estirado sobre ele, roncando suavemente.

— Só por um momento — Healy completou, falando baixo —, eu me senti útil.

Deixou March onde estava. É, talvez o babaca rolasse durante a noite e quebrasse o pescoço, mas de algum jeito ele havia levado a vida até aquele ponto com nada pior do que um braço quebrado para mostrar, então Healy estava preparado para acreditar que March conseguiria aguentar mais uma noite. Alguns caras simplesmente têm um anjo da guarda pra olhar por eles. Quer mereçam ou não.

Entrou na casa. No caminho até a porta da frente, notou que a porta do quarto de Holly estava aberta. A roupa de cama estava puxada para trás, a cama vazia.

Enquanto estava dirigindo o carro a caminho de casa, Healy viu um vulto pequeno sentado como um índio no chão do terreno vazio no final do quarteirão. Ela estava com uma lanterna no colo, apontada para as páginas de um livro.

Ele parou o carro e saiu.

— "A *mademoiselle* Blanche já esteve na Inglaterra antes? De que parte da França ela veio? *Mademoiselle* Blanche respondeu polidamente, mas com reservas..." — Holly levantou a cabeça. A sombra de Healy havia caído sobre a página.

— Oi — ele disse.

— Oi. — Ela o encarou. — Você colocou o pé dentro do vaso — ela disse.

— Coloquei? — Ele levantou a perna e sacudiu a água imaginária da bainha da calça.

Holly suspirou.

— Agora você está molhando o carpete todo.

— Esse era o seu quarto? — Healy perguntou.

— Não — ela respondeu. — Era o dos meus pais.

Healy olhou para o horizonte, que ainda não estava visível. O nascer do sol estava um pouco distante.

— O seu pai me disse que vocês estão reconstruindo a casa.

— Ela parece reconstruída pra você?

— Não muito.

— Papai raramente vem aqui — ela disse. — Acho que ele se sente culpado.
— Porque...?
Ela levantou a cabeça.
— Ham? Ah. Pelo incêndio. — Ela balançou a cabeça como se estivesse lamentando, mas a voz dela se manteve com um tom de praticidade. — Mamãe vivia reclamando de um vazamento no forno, mas papai, você sabe, ele tem esse negócio no nariz, aí... não conseguia sentir o cheiro de gás.
Healy olhou em outra direção. Não tinha muito a dizer sobre aquilo.
— Enfim — Holly continuou. — Acho que é melhor eu voltar pro meu livro.
— Tudo bem. — Healy começou a caminhar em direção ao carro.
Holly o chamou antes que ficasse longe demais.
— Healy...?
Healy parou e se virou.
— Você é uma pessoa ruim?
Healy não disse nada, ficou apenas parado no escuro.
— O que foi que você fez com aquele homem hoje à noite? Você matou ele?
Era tão confortável ficar parado no escuro, conversar sem ninguém poder ver o seu rosto ou a expressão nos olhos.
— É claro que não — Healy respondeu.
— Que bom — Holly comentou. — Eu sabia que você não poderia fazer algo assim.
Healy pensou em um milhão de coisas que poderia dizer para ela. Cresce, garota, ou Você não entende? Ele já estava morrendo de qualquer jeito, ou Aquele homem precisava morrer, o mundo ficou um lugar melhor no instante em que ele parou de respirar — qualquer uma dessas, ou, se quisesse ir na outra direção, talvez algo como Não, é claro que não, querida, eu não sou um assassino, eu só machuco as pessoas às vezes, que nem eu machuquei o seu pai, mas eu não mato as pessoas, eu juro. Palavra de escoteiro.
Mas não disse nenhuma dessas coisas.
— Não fica acordada até muito tarde, está bem?
Ele a viu fazer que sim com a cabeça, com o queixo entrando e saindo do raio de luz lançado pela lanterna.
Aquilo era bom o bastante.
Continuou o caminho em direção ao carro.

29.

O dia seguinte encontrou Healy sentado nos degraus da frente da casa de March, com algumas quentinhas em um saco plástico ao lado dele. Embora fosse de tarde, como haviam combinado, havia pegado um café da manhã em um restaurante que funcionava o dia inteiro, imaginando que March teria dormido até tarde, e talvez Holly também — ela havia tido uma noite difícil. Mas quando bateu na porta, não encontrou ninguém em casa. Então se sentou e esperou. As panquecas e os ovos haviam ficado frios, mas o suco de laranja havia ficado quente, que tal aquela história de inércia pra você?

Depois de um tempo o carro de March apareceu, batendo os pneus da frente no meio-fio ao estacionar. Healy observou Holly desligar o motor e sair do banco do motorista, soltando fumaça de raiva, em silêncio. O pai dela, no banco do carona, estava marcando o tempo da música que estava pulsando do rádio com uma das mãos, tamborilando a batida na moldura da porta, e só parou relutantemente quando o som foi cortado. Viu Healy sentado ali e murmurou "Merda", lembrando-se do encontro marcado. Saiu do carro com um terno ensacado por cima do ombro, um cigarro entre os lábios e um sorriso grande e falso estampado na cara. Healy sentiu que a cara dele estava cheia com mais do que apenas aquele sorriso.

Ele se levantou e estendeu a comida.

— Não sabia que horas você ia chegar aqui. Uma parte disso ainda está boa, provavelmente.

— Desculpa — March disse, abafando um arroto com o punho —, a gente foi no banco. Pegar o seu dinheiro. — Tirou um envelope do bolso. — Aqui está. Metade. Menos algumas centenas, sabe como é, por causa do... daquele carro que a gente bateu? Eu pensei que você ia querer contribuir com isso.

Estava tremendo um pouco, como se talvez pensasse que Healy poderia explodir por causa daquele "a gente", mas Healy apenas encolheu os ombros.

— Claro.

March entregou o envelope no caminho até a porta, com Holly alguns passos à frente dele. Levantou o saco com o terno e o abriu o bastante para mostrar a lapela.

— O que é que você acha? — Parecia claro até através dos óculos escuros de Healy.

— É roxo — Healy disse.

— É marrom — March discordou. Fechou o saco de novo. — Vi na vitrine de uma loja, tive que experimentar. Desculpa pelo atraso.

— Está tudo bem.

Mas Holly havia escutado o bastante.

— A gente levou dez minutos na loja. A gente parou no bar. Por isso que a gente está atrasado.

Ela passou por Healy empurrando-o e entrou enfurecida na casa.

Healy a seguiu e colocou as quentinhas de isopor no balcão. March entrou por último, fechando a porta por trás de si. A tensão estava tão palpável que poderia ser cortada com uma faca, embora provavelmente não com as de plástico que haviam lhe dado com as panquecas.

— Então — ele disse —, quer conversar sobre o caso? — Pegou no bolso o pedaço de papel em forma de vaca que àquela altura estava bastante gasto e o estendeu.

28-10 Apt Burbank
West, P D, 10:30pm

— Aeroporto de Burbank? — perguntou. — Western Airlines? Acho que ela está tentando fugir da cidade. Como é que você quer fazer isso?

— Bem — March disse, durante o caminho da cozinha até a sala de estar, segurando um copo com cubos de gelo tilintando em meio a uma piscina de uísque —, eu acho que a gente deve esperar alguns dias, ligar pra Kuttner, e ver se a gente consegue tirar um segundo pagamento dela.

Healy ficou surpreso.

— Segundo pagamento...?

Foi Holly que respondeu. Ela conhecia o esquema.

— Você não vai querer ligar cedo demais. Tem que agir como se estivesse em cima de alguma coisa, como se estivesse trabalhando duro... aí, no terceiro dia, você pede mais dinheiro. — Jogou-se sobre um dos bancos que ficavam junto ao balcão da cozinha e cruzou os braços sobre o peito.

Healy olhou da filha para o pai.

— Bem, ela está dando um toque negativo à coisa toda, — March comentou, —, mas é, essa é a ideia.

— Kuttner nos pagou — Healy disse. — Ela me pagou, por um trabalho. Está certo? Eu não vou mentir pra ela.

— E eu respeito isso — March respondeu, tomando um gole. — Então eu vou mentir pra ela.

— Ei — Healy disse, agora ficando com raiva —, esquece a Kuttner, eu paguei quatrocentas pratas por um detetive, por alguém que encontrasse pistas...

— Eu encontrei o cadáver de Sid Shattuck, não encontrei?

— Encontrou? Você caiu em cima dele! Se você cai em um bueiro, você não diz "olha, encontrei o esgoto".

March encolheu os ombros. Tanto faz.

— Eu só acho que não entendo por que não estamos celebrando — disse, voltando até a geladeira. Precisava de mais gelo. — Quer dizer, acabamos de receber, estamos todos tomando uma bebida à tarde... — Olhou para Healy, para Holly, e os dois o encararam de volta. — O que foi?

Healy disse apenas:

— Esquece. — Foi em direção à porta.

— Aaah, você poderia só, você pode esperar só uma porra de segundo? — Virou o resto do uísque na garganta e abriu o freezer para pegar mais gelo. Preso à porta do freezer com um ímã, havia o anúncio dele nas páginas amarelas, uma linha formando o rosto dele, que parecia jovem, bonito e nem um pouco bêbado, ao lado das palavras LICENCIADO E GARANTIDO. "AGÊNCIA HOLLAND MARCH". "Nossos investigadores treinados são especializados em ENCERRAR CASOS desde 1972".

Holly balançou a cabeça para censurá-lo, com um olhar de profunda decepção no rosto.

— Você é o pior detetive do mundo — ela disse.

March não sabia o que responder àquilo.

— Eu sou o pior?

— É.

— O pior do mundo?

— Você não me escutou na primeira vez?

— Mas tenho um anúncio legal. — Jogou gelo na bebida, tchuf, tchuf, tchuf. — Então...

Mas Holly não ia deixar ele escapar dessa com uma piada dessa vez.

— Por que é que você tem que foder com tudo? Hein? Você sai por aí... e você bebe, e você mente e coisas do tipo, e as pessoas odeiam você!

— Querida, não diz "e coisas do tipo", diz só...

— Eu odeio você!

— Isso serve — March respondeu.

Healy foi em direção à porta de novo.

— Eu vou encontrar a garota sozinho.

— Você vai encontrar a garota sozinho — March murmurou. — Está bem. — Disse para as costas de Healy enquanto ele estava indo embora: — Bem, diz oi pra ela quando conseguir encontrar.

— Eu vou.

— Claro que você não vai encontrar ela no aeroporto — comentou —, já que isso não é sobre nenhum voo.

Healy já estava fora do campo de visão de March, e March se virou para Holly.

— Ele parou?

Ela fez que sim com a cabeça, carrancuda.

— A sua anotação — March continuou. — Olha pra ela. Não é sobre um voo.

Healy olhou para ela. 28-10 Apt Burbank West, P D, 10:30pm.

March se levantou. Não estava cambaleando agora, nem embolando as palavras. Estava citando a anotação pela memória, era isso que estava fazendo.

— Vinte e oito dez, A-P-T Burbank, dez e meia. Bem, todos os aeroportos funcionam para decolagens só das dez às seis, inclusive o Burbank. Então não tem nenhum voo de dez e meia. E o número de cima? É a data de hoje, mas ao contrário, do jeito europeu, vinte e oito dez ao invés de dez vinte e oito[6]. O que faz sentido se você olhar o P D e pensar, isso não é o portão de um voo, é provavelmente a indicação de uma porta, tipo de um apartamento.

Healy permaneceu imóvel, atingido por um raio. De onde toda aquela merda havia vindo?

Holly parecia bem chocada também. Quem havia substituído o pai dela por um detetive de verdade?

— E o A-P-T Burbank? — Healy perguntou.

— West — March completou. — A-P-T Burbank West: o Apartamentos Burbank West, é um lixo, perto da... Foda-se, vou mostrar pra você. — Colocou o copo na borda da pia e passou por Healy até chegar onde a filha estava sentada. — Se a Amelia vai estar lá às dez e meia, vamos querer estar lá vinte minutos antes pra esperarmos na portaria. Se eu me lembro direito, tem duas entradas no velho Burbank West, uma na frente e uma nos fundos, então é bom que estejamos em dupla. Eu vou ficar na frente, já que tem pelo menos uma chance de que ela não saiba como eu sou, e você... você pode ficar no carro, com a cabeça abaixada, pelo

---

6   N. T.: Nos EUA, escreve-se a data na ordem mês/dia.

amor de Deus. — Enfim, para Holly: — Você vai ficar na casa da Janet, mas de verdade dessa vez.

— Da Jessica — Holly o corrigiu.

— Da Jessica.

Normalmente, ela teria discutido sobre aquilo. Mas agora ela simplesmente concordou com a cabeça. Aquilo era algo parecido com um sorriso no rosto dela? Aquilo era orgulho nos olhos dela?

Fodo com tudo, né? March olhou para onde Healy estava, parecendo igualmente impressionado. Quem é que fode com tudo agora?

30.

Healy pisou no freio e o carro derrapou até parar, em frente a um terreno vazio apenas um pouco mais desenvolvido do que o que a filha de March gostava de ir para ler. Havia uma escavadeira em um canto e algumas pilhas de tábuas em outro. Um pouco de grama no chão.

Nenhum apartamento, nem a leste, nem a oeste, nem em nenhuma outra direção.

Healy olhou para March no banco do carona.

Um coroa estava passando pelo lugar, passeando com um poodle peludo na coleira.

— Com licença — Healy o chamou, e o cara parou. — Estamos procurando os Apartamentos Burbank.

— Ah, eles acabaram — o cara disse. — Demoliram os prédios já faz uns dois anos. — Continuou andando, arrastando o cachorro por trás de si.

Healy se virou para March.

March nem sequer piscou. Apontou na direção do norte de Burbank.

— Pro aeroporto, então?

31.

No carro, Healy estava acelerando o máximo que podia. Foram vinte minutos mais cedo para o terreno vazio, mas precisariam de um milagre para chegar ao aeroporto menos de dez minutos atrasados.

— Bem, eles costumavam ter um horário limite para sobrevoos — March estava dizendo.

— Tudo bem — Healy respondeu. — Está tudo bem. Está certo.

— Eles tinham.

— É.

— E ainda deviam ter. Se eles mudaram, eles não deviam ter feito isso. Deviam mudar de volta.

O tráfego estava leve, graças a Deus. Healy desejava que a tagarelice de March também estivesse. Mas não estava. Ele tentou bloquear a conversa, e foi em parte bem-sucedido. A cada alguns segundos, alguma frase ou expressão conseguia atravessar o bloqueio e pousar nos ouvidos dele de uma forma incômoda, fazendo com que apertasse o volante com mais força e rangesse os dentes.

Estava tentando determinar o que exatamente achava tão incômodo em Holland March. Não era o fato de ele ser um detetive ruim — quem era Healy para reclamar disso? Ele mesmo não era nenhuma merda de Sherlock Holmes. E não era a falta de ética do homem. Bem, em parte era. Mas não era como se Healy fosse a porra do Bento de Espinosa. (E sim, ele havia lido Espinosa, muito obrigado. Era parte do currículo lá na fazenda, alimentavam os trabalhadores com Espinosa e Agostinho e Tomás de Aquino junto a todos aqueles abacates dos infernos, e embora preferisse cortar as próprias bolas com um alicate de unha a suportar uma página que fosse de Aquino de novo, sempre havia pensado em Espinosa como alguém parecido consigo mesmo lá no fundo. Era só colocar um soco inglês de latão na mão daquele cara, e ele saberia como tomar conta dos negócios.)

Então, não, não era nada daquilo, e não era nem mesmo o falatório com boca motorizada que simplesmente nunca parava, a não ser que o cara bebesse até cair em um estupor. Embora, naquele momento, um estupor tivesse sido bem-vindo.

Não, o que não gostava nele é que o homem não fazia nenhuma ideia de como estava bem. É, claro, ele havia perdido a mulher e a casa num acidente terrível, ok. Healy entendia aquilo. Mas cara, ele tinha uma ótima filha, tinha um trabalho no qual podia criar as próprias regras, não precisava responder a ninguém e talvez até pudesse fazer algo de bom nesse mundo, era jovem e saudável, se não se olhasse muito de perto para o que tinha que ser um fígado à beira do colapso, e vivia a uma distância ínfima do Oceano Pacífico, onde em um bom dia era possível mergulhar os dedos na mesma água que banha as praias do Havaí. Ele não era a porra de um contador em Boise, nem um vendedor que gastava os pneus indo e voltando do nordeste sem ver nenhuma alma viva que ficasse feliz com a sua vinda. Ele não era o desgraçado que tinha o trabalho de limpar o sangue de Gilbert Dufresne da estrada à meia-noite. E, para não estender demais esse assunto, ele também não era um quebrador de joelhos que vivia em um quarto em cima do clube de comédia, embora fosse um quarto muito agradável e Healy fosse contente por tê-lo. Não, March estava muito bem, ou poderia estar, mas ao invés disso parecia estar sempre a ponto de arrancar a própria perna com os dentes pra fugir de alguma armadilha, como se ficar falando merda fosse a única coisa que o impedisse de sair correndo à moda antiga. No fim das contas, o homem estava constantemente parecendo assustado. E por quê? Com o que ele estava tão assustado? Com ter que olhar pra si mesmo na porra do espelho?

    Healy aproveitou aquele momento para se olhar na porra do espelho, olhar bem para como se parecia um ex-fazendeiro de abacates de meia-idade. Nada mal. Talvez não fosse tão bonito quanto um *playboy* qualquer, tinha alguns hematomas e cicatrizes demais, mas...

    — Para o carro — March disse subitamente.

    Healy foi tirado do seu devaneio.

    — O que foi?

    — Para o carro, para o carro. — March estava apontando um dedão para fora da janela, olhando para a torre de metal e vidro com elevadores chiques subindo pelas laterais. — Ela não vai estar no aeroporto.

    Healy se inclinou para olhar pela janela, na direção das letras gigantescas para as quais March estava apontando.

    O letreiro do Burbank Airport Western Hotel lançava um brilho forte sobre o pavimento. Por trás dele, a quase um quilômetro de distância, um jato comercial subia, subia, até desaparecer.

— Ela não vai viajar. Ela vai encontrar alguém.

Venha aterrissar aqui, dizia um letreiro menor na parede do hotel. Visite o Salão PISTA DE DECOLAGEM.

P D.

— Ok — Healy disse. — Vamos lá.

32.

Em algum momento por volta da meia-noite, sem dúvida, estaria acontecendo uma reunião informal no Salão Pista de Decolagem, onde empresários que estivessem visitando L.A. para uma convenção dariam em cima de suas secretárias ou encontrariam uma dama da noite para botá-los para dormir ao invés disso. Mas isso só aconteceria daqui a mais de uma hora, e no momento a sala estava vazia, o único som do lugar vinha do *barman*, uma figura com cara de rato, gravata pintada a mão e um cavanhaque grosso que estava colocando os copos no lugar para se preparar para a hora do *rush*.

Healy e March foram até o bar.

— Boa noite — o *barman* disse, limpando as mãos com uma toalha. — O que posso oferecer aos senhores?

— Uma informação — March respondeu. Estendeu a foto de Amelia que haviam pegado com Kuttner. — Você viu essa garota? Ela provavelmente apareceu na última meia hora...?

— Ei, eu só trabalho aqui — o cara disse.

— Mentira, Sherlock, é por isso que estou perguntando pra você — March comentou.

— É, bem. A memória fica um pouco embaçada, sabe como é. — O cara se inclinou para a frente do lado dele do bar, com a gravata balançando em cima de uma pequena bacia de azeitonas. — O que é que eu ganho com isso?

— Ele vai parar de fazer isso — March disse, apontando para Healy ao seu lado.

— De fazer o quê?

Healy agarrou a gravata do homem com o punho e a usou para puxar a testa dele para baixo, batendo-a com força e velocidade contra a madeira do balcão.

— Ai!

— Isso — March disse.

O homem ficou segurando a cabeça.

— Porra!

— Agora, a gente pode fazer isso do jeito fácil — Healy começou —, ou a gente pode... — Parou. Talvez estivesse acontecendo algum momento de revelação.

— A gente está fazendo isso do jeito fácil — completou.

— Ok! Deus! — o *barman* respondeu. — Na cobertura. Ela está na cobertura. — Esfregou o hematoma em cima da sobrancelha. — Vocês estão felizes?

— Estamos — March disse, e os dois se viraram para ir embora.

— Ei, caras, olha só — o *barman* os chamou. — Vocês não vão querer subir lá. Confiem em mim.

March e Healy voltaram.

— Tem uns caras de Nova York lá — o *barman* continuou, com a voz mostrando ansiedade. — São caras de negócios. Eles têm as porras de uns guarda-costas, daqueles que só começam a trabalhar depois de terem as bolas arrancadas, sabe o que eu quero dizer? Como é que chamam isso mesmo?

— Casamento — Healy murmurou.

— Só relaxem aqui — O *barman* lhes suplicou. — Ela vai descer de novo. Tomem umas geladas por conta da casa...

— Ah, eu não — Healy disse.

— Mas ele tem um bom argumento — March comentou. Qualquer um que oferecesse bebidas de graça teria um bom argumento na opinião de March.

— Está vendo? — o *barman* perguntou, indo encher dois copos. — Razoável. Bastante razoável. Agora, o amigo de vocês? Esse foi o problema, ele não era razoável.

Healy semicerrou os olhos.

— O amigo da gente?

— O outro cara que veio procurar a Amelia — o *barman* respondeu. Colocou os copos na frente dele. — Ele não estava com vocês, não?

March lançou um olhar na direção de Healy.

— A gente não tem amigos — disse ao *barman*.

— Onde é que ele foi? — Healy perguntou. — Esse amigo.

— Entrou no elevador — o *barman* respondeu —, logo antes de vocês chegarem.

— Você pegou o nome dele? — Healy perguntou, tentando manter um tom de voz casual.

— John alguma coisa.

Merda.

— Você realmente testemunhou ele entrando no elevador?

A voz do cara caiu no sarcasmo quando respondeu.

— Não, foi um velho índio sábio que me disse. É claro que eu testemunhei, porra.

— Certo — Healy disse. — Obrigado.

March tomou um gole da cerveja, esperou até o *barman* ir até o outro lado do bar, depois se inclinou bem para perto de Healy, para que o outro cara não pudesse escutar.

— Que merda que está acontecendo?

— Ah, faz sentido — Healy respondeu com uma voz calma e ponderada. — Isso se encaixa. — Não fazia sentido deixar March em pânico. Se ele já parecia assustado nas melhores circunstâncias...

— O que faz sentido? — March perguntou.

— O John-Boy — Healy respondeu. — Foi uma coisa que aquele Dufresne mencionou.

— Como assim, mencionou? Mencionou o quê?

— Ah, sabe como é, — Healy disse, — só "Tem um cara vindo pra matar vocês", essas merdas. — Virou os olhos.

Aquilo não fez absolutamente nada de bom para a situação. March entrou em pânico. Healy conseguiu ver isso porque a bochecha dele ficou sofrendo espasmos, mesmo depois de pegar a cerveja de Healy e bebê-la.

— A gente provavelmente deve ficar aqui — March disse.

— É uma tática inteligente — Healy admitiu. — A não ser, é claro, que ele esteja matando ela lá em cima bem agora.

— Ah, para com isso, não vão matar ninguém no Burbank Airport Hotel.

— Porque...?

— Isso seria notícia no país inteiro — March respondeu.

— É? E daí?

— E daí? E quando foi a última vez que você foi notícia no país inteiro?

— Em fevereiro — Healy respondeu.

— Sério?

— É.

March ficou incrédulo.

— Pelo quê?

— Eu tomei um tiro — Healy disse. — No restaurante.

— Você tomou um tiro? Onde?

— No braço. — Healy apontou para o bíceps. — Eu contei isso pra você ontem à noite.

— Eu não lembro de você me contando.

— Acho que você tinha dormido.

March concordou com a cabeça, e os dois pararam por um momento para avaliar aquela situação. Healy não queria exatamente levar outro tiro, e March claramente não queria levar o primeiro. Mas às vezes se tem que fazer o que se tem que fazer.

— A gente devia chamar a polícia — March sugeriu.

— Não, eles vão demorar demais — Healy discordou. — Quer dizer, ela poderia morrer.

— Você acabou de dizer que era a tática certa ficar aqui embaixo — March disse.

— Não, eu disse que era uma tática inteligente. São duas coisas diferentes.

Os dois se encararam. Nenhum dos dois queria muito ir.

Mas ninguém jamais os havia acusado de serem inteligentes.

Foram em direção ao elevador.

A música de elevador que estava tocando nos alto-falantes ocultos deveria ajudar a acalmar os nervos eriçados dos dois mas, se fez alguma diferença, foi deixar March ainda mais tenso. Pegou-se inquieto, sentindo o peso do gesso no braço, desejando que não houvesse tomado a segunda bebida lá embaixo. Não que duas cervejas fossem demais. Só que, sabe como é, duas em dois minutos. O painel apitava enquanto subiam pelos andares. Cobertura, hein? Pelo menos lhes dava um pouco de tempo para se prepararem mentalmente antes de enfrentarem o cara que supostamente estava ali para matá-los.

Chamavam-no de John-Boy, que nem a criança em The Waltons? O que aquilo significava? Que ele tinha uma verruga e um corte de cabelo feio? Que ele estava vivo durante a Depressão? Isso seria bom, já que significaria que ele estaria na casa dos sessenta anos agora, talvez não mais tão ágil quanto antes. Ou será que só queria dizer que o nome dele era John? Talvez o último nome dele fosse Boy. Nunca se sabe. March tinha uma prima chamada April, April March[7]. Ela odiava os pais dela.

Ele estava piscando muito.

— Munique — ele disse, e Healy se virou para olhá-lo.

— O quê?

A palavra havia simplesmente vindo à cabeça dele, do nada.

— Um cara sem bolas. Um Munique.

---

7 N. T.: Em inglês, "April" significa "abril" e "March" significa "março".

— Munique — Healy disse — é uma cidade na Alemanha. München. Munique. É.

— Você tem certeza?

— O meu pai já foi mandado pra lá pelo exército.

— Certo. — March pensou por mais um momento. — Hitler só tinha uma bola — disse.

Antes que Healy pudesse responder àquela pérola de sabedoria, o elevador apitou e as portas começaram a se abrir.

— Tudo bem — murmurou, grato por adiarem aquela conversa. — Lá vamos nós.

Mas antes que ele pudesse colocar os pés fora do elevador — antes que qualquer um dos dois pudesse —, escutaram um som vindo do corredor à frente deles, parecendo alguém tossindo ou arquejando. Olhando na direção do barulho, viram um homem cambaleando para onde estavam com uma mão agarrada à garganta. Ele era careca e barbudo. Não tinham como saber que talhos ele havia sofrido abaixo da altura do cinto, mas os que havia levado da gravata para cima estavam bem claros. Sangue estava escorrendo por cima da mão dele de um corte profundo, e ele desabou de cara no carpete que cobria toda a sala.

Da direção oposta veio o som de socos certeiros — um, dois, como um lutador treinando com o saco de areia na academia. Então um homem com um smoking branco apareceu dando alguns passos para trás, ficando preso entre uma curva no corredor e uma janela de vidro do chão ao teto ao lado do elevador.

Balas o seguiram — vindas de uma arma com silenciador, a julgar pelo barulho — e sangue brotou no paletó branco do homem como se fossem várias rosas vermelhas. O vidro por trás dele se rachou com as balas.

Healy e March se jogaram de volta para dentro do elevador.

March bateu no botão Fechar Porta.

Depois de um segundo, as portas começaram a se fechar lentamente.

Healy não disse nada, nem March. Ficaram apenas olhando para a frente. Escutando a música do elevador. Até que o barulho de vidro se estilhaçando e o grito de um homem interromperam a melodia tranquilizadora. Os dois se viraram para olhar e viram o homem do smoking branco atravessando a janela quebrada de forma atrapalhada e passando por eles no ar durante a queda, saindo de vista.

Olharam para a frente de novo, esperaram pacientemente para que o elevador chegasse à recepção.

Os olhos de March estavam piscando ainda mais.

Quando o elevador apitou no piso térreo, saíram rapidamente, atravessando a recepção com menos passos do que ambos pensavam ser possível. Encontraram o carro exatamente onde o haviam deixado e afundaram nos bancos confortáveis agradecendo a Deus. Healy pisou no acelerador e saíram rapidamente.

Mas não rápido o bastante — apenas meio quarteirão depois, escutaram sirenes de polícia vindo da direção oposta. Para evitá-los, Healy fez uma curva fechada, entrando em um beco de serviço por trás do hotel. Os carros de polícia passaram zunindo, quatro ou cinco deles. Alguém devia tê-los chamado, talvez o *barman* com cara de rato. Era mais um motivo para irem embora enquanto podiam.

March esperou que Healy colocasse na marcha a ré e saísse do beco, mas Healy não fez isso.

— O que é que estamos fazendo? — March perguntou.

— Eu não posso simplesmente ir embora — Healy respondeu.

— Por que não?

— Ela está em perigo, cara. A gente tem que fazer alguma coisa quanto a isso.

— Você está maluco? Acabou. Se ficarmos, podemos ser presos por causa disso.

— Por quê? — Healy perguntou. — Nós não fizemos nada.

— Pensa — March respondeu. — Nós apertamos aquele *barman*, nós perguntamos a ele sobre a Amelia, nós subimos...

— Mesmo assim — Healy o interrompeu. — A gente tem que ir ajudar ela.

— Ela está morta — March disse, e algo na voz dele deixou claro que ele estava esperando que os dois se juntassem a ela a qualquer momento.

— O que é que você quer dizer com isso, ela está morta?

— Fala sério!

— Ela não está morta — Healy insistiu.

— Abre os olhos, cara! Ela está morta, porra!

— Você não sabe disso.

Quanto mais calmo Healy soava, mais histérico March ficava. Ele estava gritando agora, com uma voz aguda que faria jus à filha dele.

De repente, um estampido alto deixou os dois em silêncio e o carro balançou como se alguma coisa pesada houvesse acabado de cair sobre o teto. Um segundo depois, dois pés descalços apareceram no para-brisas, descendo em direção ao capô do carro. Então, a bainha de um vestido amarelo-canário.

— Amelia — March sussurrou.

— Eu disse pra você que ela não estava morta.

Cambaleando sobre o capô, Amelia Kuttner se abaixou para olhá-los pelo para-brisas. March mostrou um sorriso pesaroso, e ela começou a reconhecê-los. Ela levantou o braço rapidamente, revelando uma pistola apertada no punho, e atirou bem na direção deles.

Por sorte, depois de abrir um buraco do tamanho de uma bola de golfe no vidro, a bala passou inofensivamente por entre os dois, alojando-se no estofamento do banco traseiro. Amelia, enquanto isso, foi lançada para trás pelo coice da arma, caindo do capô e aterrissando no beco em frente ao carro. Escutaram um baque alto, e quando os dois saíram do carro e correram até ela, viram que ela havia ficado inconsciente após cair no pavimento.

March levantou a cabeça e olhou para a saída de incêndio oscilando sobre eles, o lugar de onde ela havia saltado para o carro, depois voltou a atenção para a garota inconsciente.

Mais sirenes ressoavam a distância.

— Me ajuda com ela — Healy disse.

Estavam experientes naquilo agora. Voltaram às posições de Sid Shattuck — Healy na cabeça, March nos pés — e a colocaram no carro.

Deixaram a arma para trás.

33.

Na tela da televisão em preto e branco, uma bolinha brilhante estava quicando de um lado para o outro entre dois batedores. Bem, duas linhas verticais, na verdade. Holly não estava muito impressionada. Sabia que todas as crianças de L.A. estavam mortas de vontade de jogar aquelas coisas — Studio II, Atari, Telstar, tanto faz —, mas não sabia por que o pai dela, que afinal de contas era um adulto, havia comprado um.

Entre bipes eletrônicos, ela escutou uma chave na fechadura da porta da frente. Pulou assim que o pai entrou em casa, com o belo terno azul todo amarrotado.

March estava tão surpreso por vê-la quanto ela estava por vê-lo.

— O que é que você está fazendo aqui? — ele perguntou.

— Puta que pariu! — ela gritou. Healy havia acabado de passar pela porta com Amelia inconsciente jogada em seus braços. — Vocês acharam ela!

— Você devia estar na casa da Jessica — March disse.

Jessica se levantou do sofá com o controle do *vídeo game* na mão, parecendo estar pedindo desculpas.

— É, desculpa, sr. March, a minha irmã expulsou a gente, ela estava recebendo um cara.

— A sua irmã é tão piranha — March disse.

— É, eu sei. — Ela deixou o controle e todos seguiram Healy até o quarto de Holly, e lá ele jogou Amelia sem cerimônias na cama da menina. Aquilo não a acordou, embora ela tenha gemido de leve.

— Olá? — Healy disse, delicadamente. — Amelia?

— Será que a gente devia sacudir o ombro dela? — March sugeriu.

— Sabe, o meu irmão costumava dar petelecos na minha orelha, tipo assim. — Healy demonstrou. — Eu odiava isso.

— A gente não deve usar violência — Holly disse, e quase que exatamente no mesmo instante Jessica sugeriu:

— A gente podia só bater nela mesmo. — As melhores amigas se entreolharam, sem acreditar uma na outra.

— Acho que podia acabar machucando ela de verdade — Jessica completou, recuando. — Acho que não é muito prático.

— A gente provavelmente não deve bater nela se quiser que ela converse com a gente — Healy disse.

Todos concordaram que aquilo fazia sentido. De qualquer forma, parecia que talvez Amelia estivesse se mexendo agora. Ela estava de lado, com um braço esticado por cima da cabeça, e é, as pálpebras dela estavam definitivamente se mexendo.

Na verdade, Amelia estava acordada, havia voltado a si bem a tempo de escutar a sugestão de que deveriam bater nela. Não sabia onde estava nem quem estava ao redor dela, embora duas das vozes sem dúvida parecessem pertencer a garotinhas. Mesmo assim. Às vezes era sábio esperar um pouco, colocar a cabeça no lugar, antes de deixar as pessoas ao redor saberem que se estava ciente delas.

Havia aprendido aquilo pelo jeito difícil, no movimento, no caso o grupo de protestos que havia fundado e do qual quase havia sido expulsa durante uma disputa de facções no verão anterior. Não foi uma situação muito diferente da que estava agora, na verdade, embora não envolvesse um derramamento de sangue tão literal. Houvera uma festa, e muitos dos amigos dela haviam estado presentes, e eles discutiram até tarde da noite sobre táticas e estratégias, como acontece quando metade da sala está chapada de maconha e a outra metade de ácido; e então eles dormiram, mas ela havia acordado ao som da primeira tenente do grupo, uma garota chamada Maureen, explicando a todos os outros do Comitê de Direção por que ela, Amelia, era uma traidora da causa que defendiam e por que deveriam fazer uma votação para expulsá-la do grupo imediatamente.

Não havia sido fácil manter os olhos fechados naquela hora, mas havia conseguido e assim escutou a conversa inteira, fazendo uma lista na cabeça de quem havia saído em sua defesa e quem havia se disposto a fazer parte do pequeno golpe de Maureen. Naturalmente, foram os garotos que pensaram que Maureen era um gênio. Ela havia escutado e havia ouvido, e então, quando a discussão seguiu para outros assuntos — poluição, música, como eram belos os peitos de Maureen —, espreguiçou-se calmamente e "acordou", e ninguém na sala sabia que ela esteve acordada durante toda a conversa. Preparou os planos da semana seguinte imediatamente, uma limpeza da casa, uma merda bem ao estilo de Michael Corleone, deixando só as pessoas leais a ela no grupo, e desde então não teve mais problemas. Quer dizer, houve problemas, é claro, sempre existem problemas em um grupo de protestos — máscaras de gás em falta, tanto faz. Mas nenhuma traição de dentro do grupo. E tudo porque ela havia mantido os olhos fechados e escutado.

Era isso o que ela estava fazendo agora. Mas eles pararam de falar, e claramente estavam apenas esperando que ela fizesse ou dissesse algo, então foda-se. Ela estava acordada.

Deixou as pálpebras abrirem, tremendo.

Aquele quarto definitivamente pertencia a uma garota nova. E é, havia duas delas paradas ao lado da cama, encarando-a como se estivesse empalhada e exposta num diorama de um museu. E no outro lado da cama...

Aquele cara! Um dos que estavam na cola dela, havia contratado Healy para lidar com esses caras! Ele estava com o braço engessado, então já era alguma coisa, mas claramente não havia sido suficiente. E no outro lado, o próprio Healy, olhando de cima para ela com uma preocupação que parecia paterna.

— Era pra você tirar esses caras da minha cola — ela lhe disse. Pai.

— Está tudo bem — Healy respondeu. — Você está segura.

— Você sabe quem eles eram? Quem mandou eles? — Isso veio do cara engessado com o bigode sou-maneiro-também caindo sobre a boca, o mesmo que segundo todas as indicações a havia seguido durante toda a semana anterior, perguntando por ela em todos os pés-sujos desde o Pegleg's até o Iron Horse. March.

— Sei — Amelia respondeu, virando-se e enterrando o rosto no travesseiro de novo —, a minha mãe.

Healy se abaixou, com as mãos nos joelhos, aproximando o rosto do dela.

— Você se importaria de contar desde o começo...?

Ela rolou de novo, na outra direção.

— Por quê? Não importa! — Ela odiou a forma como a voz dela soou, chorona. Mas não importava, aquela era a verdade. Aqueles dois palhaços não poderiam protegê-la, mesmo que soubessem de toda a história. A mãe dela ia moê-los e fazer salsichas com o que sobrasse. Era isso que aqueles caras eram: carne de salsicha. Por que ela havia pensado em algum momento que poderia contar com Healy para qualquer coisa além disso?

— Me desculpa, "não importa"? Você acabou de atirar na gente, eu acho que importa, sim. — March estava bravo. Buá buá.

Mas, é, estava claro que eles não a deixariam sozinha enquanto ela não lhes contasse alguma coisa. E, agora, com a cabeça doendo e o joelho doendo e, Deus, tudo doendo, era mais fácil simplesmente lhes contar a verdade do que inventar alguma coisa.

— Ok, ok — ela começou. — Eu fiz um filme. Fiz um filme com o Dean, meu namorado. — Apoiou as costas no batente da cama e puxou o vestido para baixo quando pegou March espiando, o pervertido de merda. — A ideia era de fazer um filme, sabe, tipo, um filme experimental? Tipo, um filme artístico.

— Um filme pornô? — March perguntou, e ela endireitou a postura, ainda sentada.

— Não é um pornô! — Deus! Ela queria gritar. Mas se segurou. — Você sequer sabe quem é a minha mãe? — perguntou.

— Sei — Healy respondeu. — Nós sabemos. Nós... na verdade nós conhecemos a sua mãe, e...

— O que foi que ela disse pra vocês? Que eu sou louca? Que eu estou só "dando um ataque"...?

— Algo do tipo — Healy admitiu. — Ela pode ter mencionado...

Amelia girou de novo, abraçando os travesseiros.

— É, e? Minha mãe é uma criminosa. Ela é uma Deles.

— Quem são "Eles"? — March perguntou. — O que são "Eles"?

— Um dos de dentro — Amelia respondeu, com a voz entrecortada de frustração. Por que era tão difícil para as pessoas ver a verdade e entendê-la? Elas não queriam. Era essa a resposta no fim das contas, levavam vidas confortáveis como burgueses e simplesmente não queriam. — Um dos opressores... capitalistas... corporativistas! Você sabe que eles querem matar a gente, cara. A gente está na mira deles, você sabe disso. A gente é só um monte de peões!

— Nossa — disse uma das garotinhas ao pé da cama, a de cabelo castanho. Parecia que talvez ela estivesse pronta para ser iluminada. A loira estava com um olhar mais cínico, de braços cruzados, que nem uma pequena William F. Buckley Jr.

Amelia se jogou para trás de uma forma petulante, esperando encontrar um travesseiro atrás de si, mas a cabeça dela deu um baque doloroso contra a parede.

— Ai! — soltou.

— Ei — March disse, depois assoviou, que nem o porco que era, e as garotas marcharam para fora do quarto. Que nem os peões que eram.

March continuou a interrogá-la, com menos paciência na voz dessa vez.

— O que é que isso tem a ver com pássaros?

E Healy pontuou:

— É.

— A minha mãe devia estar trabalhando pro Ministério da Justiça, certo?

— Claro — Healy respondeu —, ela está cuidando do caso dos catalisadores.

— É, só que ela não está. Ela não está processando eles. As companhias de carro, ela vai liberar elas.

— Mas eles têm evidências — March contestou.
— É, eles têm evidências! — Amelia gritou. — Eles têm memorandos que provam que Detroit conspirou pra abafar o caso dos catalisadores, provando que eles preferem envenenar o ar a gastar um pouco mais de dinheiro. Mas a minha mãe, ela vai dizer que isso não é o bastante, ela vai mentir, porque ela está na folha de pagamentos deles. Certo? Dinheiro de novo, Mamon, esse é o Deus dela, aquela, aquela... fascista... clientelista... mão de vaca...
— Ok, ok, — Healy disse, dando tapinhas no ar —, só... só volta um pouquinho.
Ela se deitou de novo. Cuidadosamente. A cabeça dela não aguentaria outra pancada.
Healy parecia estar se esforçando para encontrar palavras.
— Por que é que você não foi direto pra polícia? — perguntou finalmente.
Amelia não conseguiu se impedir de rir. Aqueles caras eram tão cegos.
— Ela é a polícia! Ela é a chefe do Ministério da Justiça!
Ela viu os olhos de March ficarem arregalados com aquelas palavras.
— É, isso é verdade — Healy concordou.
— Ok — March interferiu —, e os jornais...?
— Todos eles trabalham juntos — Amelia respondeu. — Deus! Vocês estavam vivendo numa caverna?
— Ok — Healy disse. — Então a sua solução foi... fazer um filme pornô?
— Não era um pornô! — A plenos pulmões, para passar a mensagem de uma vez por todas.
— Sabe, eu tenho vizinhos — March disse.
— Eu fiz uma declaração — Amelia explicou. — E é, é, minha declaração continha nudez... arte...
— Nudez pornográfica — March interferiu.
— Esse era só o elemento comercial, está bem? — ela cuspiu de volta. — Está bem? O Sid disse que a gente tinha que colocar isso. E a realidade era que a gente estava passando a nossa mensagem pro mundo. E, e, estava tudo lá no filme: nomes, e datas, e tudo... tudo! Tudo o que a minha mãe estava fazendo. E quando estivesse nas ruas, quando estivesse nos cinemas, não iam conseguir esconder isso de jeito nenhum. Não tinha como eles censurarem tudo isso.
— Então me deixa ver se entendi direito — March disse. — Você fez um filme pornô em que o principal era a história?
Ela suspirou. Simplesmente não estava conseguindo se comunicar.
— Qual é o seu problema, cara?

— Então, não era o sexo — Healy disse. — É o que estava na história. Por isso que esse filme é tão importante pra eles. Eles não querem usar ele pra envergonhar a sua mãe, querem fora de circulação pra não envergonhar eles. Ou pior.

Tudo bem. Pelo menos um deles estava entendendo.

— A minha mãe descobriu — Amelia continuou. — Ela matou o Dean e destruiu o filme.

— A sua mãe matou o Dean? — Healy não soou como se houvesse acreditado muito naquilo. Talvez ele não estivesse entendendo afinal de contas. A geração mais velha conseguia ser tão estúpida! Mesmo quando eles queriam ajudar. Os cérebros deles eram tipo, rígidos. Duros. Que nem concreto.

— É claro — Amelia respondeu. — Ela matou a Misty também.

— E o Sid Shattuck...? — Isso veio da garota loira, que estava parada na entrada do quarto, com a amiga de cabelo castanho olhando por trás dela com curiosidade. Os braços da loira ainda estavam cruzados, mas estava soando menos cética que, que os pais dela aqui.

— É — Amelia disse. — O Sid também.

— Ok, então é tipo Jack o Estripador, e aí a sua mãe — March comentou. — Basicamente.

A garota loira entrou no quarto de novo.

— Então o que é que você vai fazer?

— Eu não sei. — Amelia rolou e afofou o travesseiro por baixo da cabeça dela. — Eu só estou cansada de verdade, sabe? — E ela estava. Deus. Tão cansada.

— Está certo, ok — Healy disse, levantando. — Então, você... a gente vai só conversar sobre isso, pensar sobre isso, e você descansa um pouco. — Ele a cobriu mais um pouco com o vestido, que havia deslizado para cima na coxa. Era tanto um pai.

— É — March disse —, só descansa um pouco.

34.

Olharam pela porta aberta. Amelia parecia estar dormindo de novo.
— O que é que vocês acham? — Healy perguntou, mantendo a voz baixa.
— Eu gosto dela — Holly respondeu.
— Eu gosto do vestido dela — Jessica acrescentou.
— É um vestido bonito — March concordou. Depois se voltou para Healy. — Mas ela é uma doida. De acordo com o que ela disse, a mãe dela vai acabar com toda a sociedade ocidental sozinha.
— É, porém — Healy disse —, tem pessoas tentando matar ela, não tem? Tipo o John-Boy. Estamos com as mãos atadas. — Lá vinha aquela expressão de novo, mãos atadas. Não dava para fugir dela.
— Quem é John-Boy? — Holly quis saber.
— Ele é de The Waltons — Jessica lhe informou. Aquele era um dos programas que os pais dela a deixavam assistir, provavelmente por medo de que ficasse igual à irmã se não permitissem aquilo.
— Não — Healy discordou —, esse é outro John-Boy.
— Bem, a gente acha que é — March acrescentou.
— A gente acha, é. A gente tem bastante certeza.
— Mas não dá pra ter certeza — March complementou. O telefone tocou, e ele correu para atendê-lo. Não queria acordar a doidinha dorminhoca. Deixe-a tirar a soneca de doidinha dela.
Ele pegou o telefone no segundo toque.
— Sr. March? — A voz parecia um pouco familiar. Então ficou totalmente familiar, e March sorriu: era Tally. A noite parecia estar melhorando. Mas... por que ela estaria ligando? — Eu acabei de receber uma ligação da Judith. Ela não explicou nada, só disse que precisava de cem mil dólares em dinheiro.
— Cem mil dólares? Por quê?
— Eu não sei — Tally respondeu. — Eu acho que ela está envolvida com alguma coisa... suspeita, talvez?
— Bem, a filha dela certamente acredita que sim.
— O quê, a Amelia? O senhor achou a Amelia?

— Achei! Ela caiu em cima do nosso carro! Nós estávamos conversando, e ela caiu em cima do carro. Enfim, ela está aqui, você devia aparecer...

— Ela está bem? Eu vou, eu vou mandar o médico da família — Tally disse. Ela estava soando tão grata, tão aliviada. Mas ainda havia um peso na voz dela.

— Sr. March...

— Holland, por favor.

— ... Eu estou com um mau pressentimento quanto a isso. A ligação da Judith, quero dizer. Eu não sei o que está acontecendo. Você estaria... Você estaria disposto a levar o dinheiro pra mim?

— Queria saber em quem acreditar nessa situação — Healy estava dizendo, e March pensou que a resposta era bastante óbvia. Devia acreditar na bela mulher que estava prestes a lhe confiar cem mil dólares. Estavam andando pela faixa de concreto que levava da rua ao prédio do escritório de Kuttner, depois de deixar o conversível de March junto ao meio-fio.

— Bem, não dá pra levar a sério o que a garota diz, só digo isso pra você — March opinou. Tirou do gancho o telefone que estava pendurado ao lado da porta de entrada e pressionou o botão do interfone da casa. — A gente está aqui embaixo.

— Talvez as duas estejam dizendo a verdade — Healy disse.

March desligou o telefone.

— Ela está descendo. — Virou-se para Healy, March havia acabado de processar o último comentário criptografado dele. — Como assim, as duas estão falando a verdade? O que é que você quer dizer com isso?

Healy pensou um pouco.

— Olha só, eu tenho um amigo. Do Serviço Secreto. Trabalhou na escolta do Nixon. Sabe, isso depois que botaram ele pra fora da presidência.

March fez que sim com a cabeça. Parece que aquela podia ser uma história longa. Pescou um cantil no bolso e tomou um gole. Ofereceu a Healy, mas fala sério, é claro que não.

— Enfim, o Nixon estava andando de carro um dia, no entorno de San Clemente, só ele e alguns agentes...

— Aham — March disse, esfregando um dedo nos dentes e ajeitando a gravata. Tally era uma mulher de classe. Precisava passar uma boa impressão.

— E eles dão de cara com um acidente de carro, sabe? Tinha um cara preso embaixo do carro. — Healy parou como se estivesse se lembrando da história, dessa cena que nunca havia visto. — Enfim, o Nixon sai do carro, e corre pra ver como o cara está. Sabe como é, se abaixa. E o Nixon diz pra ele, "Você vai ficar bem, filho. Você vai ficar ok".

Healy olhou para March, que havia colocado um novo cigarro entre os lábios.

— E bem nessa hora... o cara morre.

Ele pareceu ficar esperando que March dissesse alguma coisa.

— Eu não entendi — March disse, acendendo o Camel.

— Pensa no assunto pelo ponto de vista do cara — Healy pediu —, ok? O cara que morreu. Ele está deitado ali, no chão, encarando o céu, perto de morrer, e aí o ex-presidente Richard Nixon aparece na frente dele e diz que ele vai ficar bem. Agora, será que ele achou isso normal? Será? Que, antes de morrer, todo mundo vê o Nixon?

— Você fica esperando por um anjo e consegue o Nixon — March comentou.

— Exatamente. Isso.

— Ok — March disse.

— É a mesma situação — Healy continuou —, só que com um ponto de vista totalmente diferente.

— Então, tem duas formas de olhar pra mesma coisa — March acrescentou. Será que Healy não percebeu a exasperação na voz dele? Porque ela estava ali.

— É — Healy concordou.

— Essa é a moral da história?

— É — Healy afirmou.

— É só dizer isso — March disse.

— O quê?

— Bem, você me levou por essa porra de jornada épica com essa história, e dez minutos depois a moral é que tem dois jeitos de se olhar pra alguma coisa, só... você pode só dizer isso.

Healy o encarou.

— Você não gostou dessa história?

Foi A Encarada. E March não estava bêbado no momento, então era capaz de sentir medo. Healy não iria quebrar o outro braço dele por causa de uma coisa dessas, iria?

March deu um longo trago no cigarro.

— Isso seria horrível — ele disse, e deixou que Healy pensasse que estava falando sobre o negócio com Nixon.

— Seria, não seria?

— Seria — March repetiu.

Naquele momento, Tally apareceu pela porta da frente. Estava vestindo um blazer branco sobre uma camisa laranja e tudo o que March conseguia pensar, olhando para as roupas, era que parecia um pôr do sol em uma praia de areia branca. Poderia dizer aquilo para ela ou seria simplesmente estranho? Pelo menos, não seria profissional. Provavelmente as duas coisas seriam verdade, seria estranho e não profissional. Mas cara, essa garota era uma coisa de outro mundo.

— Oi — ele cumprimentou.

— Ah, graças a Deus — Tally disse. Estava carregando uma maleta pequena de metal. — Cem mil dólares. Eu mesma coloquei na maleta.

Ela olhou para os dois, pareceu indecisa por um segundo, depois entregou a maleta e um pedaço de papel com um endereço — para Healy. Ham. Bem, Healy era maior. Bom para carregar coisas. E talvez ela quisesse manter as mãos de March livres para, tipo, um aperto de mão, ou um abraço, ou algo do tipo.

Espera, ela estava dizendo alguma coisa.

— ... não é comum encontrar pessoas tão legais no mundo. Obrigada. — Ela parecia estar quase chorando de tanta gratidão. É, um abraço. Mas com Healy ali... só pareceu estranho.

Healy se virou e foi em direção ao carro, e March começou a ir junto com ele — mas então virou de costas, para uma conversinha particular, como os advogados gostavam de dizer.

— Desculpa por ele — March disse. — Ele só... queria vir junto, eu não sei por quê. Mas... eu vou, eu vou ligar pra você. — Fez um sinal de telefone com a mão ao lado do ouvido. — Sabe, quando a gente fizer... a entrega.

Tally parecia... o quê? Ele não conseguia decifrar o que aquela expressão significava. Diria que alívio. Ou, tipo, excitação. É, definitivamente tinha que ligar para ela. Talvez precisasse descobrir o número dela. Mas aquilo não devia ser muito difícil. Ele era um detetive, não era?

— Obrigada — Tally repetiu, e ele viu que ela realmente queria dizer aquilo.

—Você não está nem um pouco nervoso? — March perguntou.

— Eu? Não. — Healy estava sentado ao lado dele, olhando calmamente para a frente enquanto a noite passava pelo para-brisas. A estrada estava praticamente vazia. Podiam estar atravessando o deserto que nem foguetes, ou até a superfície da lua. — Eu tenho seguro — Healy lhe disse, e levantou a barra direita da calça, revelando um coldre de couro reforçado que guardava uma pistola escondida. — Essa belezinha aqui.

— Isso é uma arma de tornozelo?

— Isso é uma arma de tornozelo, isso mesmo.

— Bem legal — March disse, pensando, eu tenho que arranjar uma dessas pra mim.

— Aham — Healy completou.

March continuou conduzindo o carro. Estava imaginando em que exatamente estavam se metendo. Tally havia parecido assustada, e ele não achava que ela era uma pessoa de se assustar com facilidade. Será que a chefe dela era uma criminosa, como Amelia havia dito? Será que Tally saberia se fosse? E não era nem um caso de criminosos de sempre, que aceitavam subornos ou algo do tipo, mas de uma assassina com todas as letras, com várias mortes na conta. Aquilo era difícil de engolir, a chefe do Ministério da Justiça mandando matar os amigos da própria filha. Mas, sabe como é, o caso de Kent State também era — difícil de engolir. E também o de JFK. E o de Bobby, e King, e J. Edgar Hoover e o Vietnã e Watergate, e a lista continuava. Aquele era os EU da A, não um buraco de terceiro mundo sob o domínio de um ditador, onde os policiais e o governo cercavam os próprios cidadãos e mandavam atirar neles, mas mesmo assim, às vezes simplesmente era.

E agora ele estava soando que nem Amelia.

March piscou algumas vezes. Havia sido uma noite longa pra cacete. Balançou a cabeça com força, para colocá-la no lugar, mas não adiantou. As pálpebras dele pareciam cortinas.

— Eu estou dormindo no volante aqui, cara — disse. — Vou precisar que você dirija. Vou parar aqui.

Healy olhou para ele como se fosse o maior idiota de todo o planeta.

— Você não precisa parar, — ele disse. — O carro consegue dirigir sozinho.

— O quê?

— Só tira as mãos do volante, cara.

De que merda que ele estava falando? Mas o cara parecia tão confiante, tão certo. Tão calmo. Será que ele sabia de algo que March não sabia? Não era como se ele quisesse bater de carro. Deus, ele não estava nem usando o cinto de segurança. Então está bem. March tirou as mãos do volante.

Eles não bateram.

E não foi só isso, a viagem parecia mais tranquila e confortável do que nunca. Ele não estava encostando no volante, mas mesmo assim ele estava virando, fazendo pequenos ajustes para a direita e para a esquerda, como se estivesse sendo guiado por uma mão invisível.

Então March tirou o pé do acelerador.

E não é que aquilo funcionou do mesmo jeito? O carro continuou sozinho, acelerando, sem nenhuma influência de March.

— Ham. — March colocou as mãos no colo. Aquilo era ótimo. — Eu não sabia que ele podia fazer isso. — Usou as mãos livres para pegar um cigarro e acendê-lo, tudo enquanto o carro se guiava sozinho.

— Em que planeta você vive, cara? — Healy perguntou. — Todo carro pode fazer isso.

— É, March, em que porra de planeta você vive, cara? — disse uma voz vinda do banco traseiro, acompanhada por um zumbido alto, e quando March se virou para olhar, viu uma porra de abelha gigante sentada bem atrás dele, com cerca de um metro e oitenta de altura, antenas se mexendo, mandíbulas fazendo um barulho de clique e olhos compostos brilhando.

— Seu idiota — a abelha disse. — Você não sabia disso? — Ela levou um cigarro à própria boca.

— Você voa pra onde quiser — March respondeu. — Você nem dirige. O que é que você sabe?

— Isso faz bastante sentido, Zangão — Healy disse por cima do ombro.

— É, tanto faz — a abelha respondeu. — Eu costumava voar o tempo todo, mas agora o ar está simplesmente nojento, cara, essa poluição está fora de controle. Todas as abelhas estão andando de carro hoje em dia...

— É, — Healy concordou, — é melhor você acordar, cara.

— O quê? — March disse, e então percebeu que Healy estava gritando.

— Acorda! Acorda! March!

Puta que pariu — os olhos de March se abriram abruptamente e viram uma fileira de cones laranjas voando um por um enquanto a frente do carro os atacava com velocidade. À frente, a parede lateral de um viaduto estava se aproximando rapidamente deles. Ele pegou no volante, tentou virá-lo, e Healy também pegou nele, mas os dois estavam puxando em direções opostas, então tudo o que conseguiram fazer foi guiar o carro em linha reta para a frente. Bateram na fileira de barris de plástico grandes e cheios d'água no sopé do viaduto, que explodiram, jogando água para todos os lados. A traseira do carro se levantou no ar antes de aterrissar de novo, provocando um baque de quebrar a espinha. March observou horrorizado enquanto a maleta de metal de Tally, que estava solta no banco traseiro, passava voando por cima deles e atingia uma das pilastras de concreto do viaduto. Melhor ela do que eles, isso era certo. Mas a maleta se abriu com o impacto e o conteúdo dela se espalhou, criando uma chuva de papéis por toda a merda da estrada. Cem mil dólares.

Só que aquilo não era cem mil dólares.

Enquanto a nevasca de papel pairava sobre eles, March viu branco, viu vermelho, viu preto. Não viu verde. Era que nem aquela velha piada, o que é preto, branco e vermelho voando por todos os lugares? Jornal picotado, isso que era. A porra de jornal. Alguém havia trocado o dinheiro de Tally por...

Mas não, ela havia dito que ela mesma havia colocado o dinheiro na maleta.

— Isso não é dinheiro — Healy disse, com o amor que sentia pelo que era óbvio.

— Por quê? — March bateu os punhos no volante. — Por que ela mandaria a gente correr atrás de porra nenhuma?

Healy olhou para ele.

— Amelia.

35.

Amelia estava dormindo no quarto de Holly, com a porta fechada. Holly estava limpando a cozinha depois de ter preparado a última lata de carne, acompanhada por uma fornada de *cookies* com gotas de chocolate da Nestlé, que preparou seguindo a receita na embalagem. Haviam ficado um pouco duros, mas como diria o pai dela, foda-se. *Cookies* ruins ainda eram *cookies* e, fosse como fosse, ela e Jessica haviam comido todos eles.

Jessica estava no telefone agora, com Rosie Milligan, uma amiga delas que parecia nunca fazer nada, mas que adorava escutar tudo o que todo mundo havia feito, e por causa disso passava a vida inteira no telefone. Não era inteiramente diferente de Jessica.

— Não, que nem em The Waltons — Jessica estava dizendo. — É, que nem na TV. Richard alguma coisa? É. Qual é o nome daquele ator...?

— Jessica — Holly a chamou —, sai do telefone.

— Está bem — Jessica respondeu, mas voltou direto para a ligação. — É, enfim, então esse tal de John-Boy é tipo um assassino, ou algo do tipo? Aham. O ator. Merda. Agora isso vai me deixar incomodada.

A campainha da frente tocou, e Holly correu para atender a porta. O homem do lado de fora estava vestindo um terno de três peças, liso e marrom, e estava segurando uma pasta de médico com uma mão enluvada. Ele sorriu para ela.

— Você deve ser a Holly.

Holly sorriu e fez que sim com a cabeça.

— Eu sou o dr. Malek — o homem disse, e estendeu a mão para cumprimentá-la. Ele parecia um médico? Bem, Holly achava que sim. Era um pouco mais novo do que ela havia esperado, e muito mais bonito, embora realmente fosse ficar mais atraente com um corte de cabelo melhor e sem aquela verruga enorme na lateral do rosto.

— Oi — Holly disse. — Ela está lá dentro. Entra.

Eles conseguiram soltar o carro dos barris, correr pela estrada até a saída mais próxima e caçar um orelhão ao lado de uma loja de conveniências vinte e quatro horas. Discaram o número de March duas vezes. Três vezes. Em todas elas, um sinal de ocupado alto havia retumbado pela linha.

March olhou o relógio de pulso, afundou o pé no acelerador e rezou para que a porra do carro conseguisse ficar inteiro por tempo suficiente para chegarem à casa dele.

— Você se importa de chamar o seu pai? — o dr. Malek perguntou, percorrendo o olhar pela casa de March de um jeito meio estranho.

— Ham, ele está fazendo um trabalho — Holly respondeu.

— Ele volta logo? — o dr. Malek quis saber.

— Ah, em uma hora, no máximo — Holly estimou.

— Certo — disse o dr. Malek. — Agora, então, enfermeira Holly. Como está a nossa paciente? — Olhou ao redor e viu Jessica no sofá, com o telefone grudado na orelha. — Aquela é ela?

Holly riu.

— Não, aquela é a Jessica. O que ela tem você não consegue curar.

O dr. Malek riu com aquela tirada, como se fosse a piada mais inteligente que havia escutado em um longo tempo. Foi uma gargalhada, na verdade.

— Ali — Holly disse, apontando para o próprio quarto. — Ela está dormindo. Com um pouco de febre.

— Ham. Sob o efeito de drogas, você acha? — perguntou o dr. Malek. E deu uma piscadela somos-todos-adultos-aqui para Holly. Levantou o dedão e o indicador até a altura dos lábios, fazendo um gesto como se estivesse fumando maconha. — Fumou um baseado, talvez?

Foi naquele momento que Holly começou a desconfiar de que talvez ele não fosse um médico de verdade.

Ele se aproximou dela.

— O que é que ela estava dizendo? Estava fazendo... algum sentido?

Holly começou a balbuciar uma resposta.

— Ela, ham, chamou a gente de fascista...

— Espera um pouco — Jessica disse no telefone. Tirou o aparelho da orelha. — Ei, Holly? Como é o nome do cara em The Waltons que faz o John-Boy? Com um disco de hóquei na cara? Isso está me deixando louca.

Holly congelou. O homem à frente dela estava olhando fixamente. Não estava piscando. Ela passou o olhar dos olhos azuis da cor de gelo que o homem tinha para o disco de hóquei no rosto dele.

— Esse programa é pra retardados — ela disse, com a voz fraca. Forçou uma risada.

Um pequeno sorriso dobrou um pouquinho de nada os lábios do homem para cima, como se soubesse que seres humanos sorriam daquele jeito de vez em quando e tivesse imaginado que deveria fazer aquilo se quisesse se passar por um deles. Era de deixar arrepiado.

— Dr. Malek — Holly mudou de assunto —, gostaria de um *cookie*? Acabei de assar eles.

Ele abriu a boca para responder, mas Jessica, de novo no telefone, interferiu para ajudar:

— Não sobrou nenhum. Eu olhei, lembra?

— Não — Holly disse, com a voz ficando mais alta, insistente —, sobraram alguns. Doutor...?

Ela começou a avançar em direção ao pote de biscoitos sobre o balcão.

— Eu aceitaria um — ele respondeu —, depois de dar uma olhada na Bela Adormecida.

Holly tirou a tampa do pote de biscoitos, enfiou a mão lá dentro, e a tirou com a .38 do pai. Apontou-a para o filho da puta segurando-a com as duas mãos, exatamente como o pai havia lhe ensinado.

O homem levantou os braços para os lados, como se estivesse sendo crucificado, e balançou lentamente a cabeça de um lado para o outro.

— Enfermeira Holly... — disse. Estava muito decepcionado.

Ele deixou a pasta de médico cair com força no chão.

Jessica finalmente levantou a cabeça do telefone.

— Holly...! O que é que você está fazendo? Você está maluca?

Mas Holly não estava prestando nenhuma atenção na amiga. Os olhos dela estavam focados sobre o homem à frente.

— Tem algemas atrás do bar, seu escroto — ela disse. — Pega elas.

Ele olhou de relance para o relógio, depois de novo para ela.

— Isso está realmente me atrasando, Holly. — A voz de doutor amigável demais dele havia sido substituída por um rosnado grave.

— O que é que está acontecendo? — Jessica gritou, deixando o telefone cair.

— Jessica, é ele! Ele é o cara!

— Jessica — John-Boy disse, com calma, abaixando as mãos e colocando-as no bolso — se você me ajudar com isso... — Pegou alguma coisa e a abriu com um movimento com o pulso. Era uma navalha. — ... Eu vou matar só a Holly.

*

Haviam saído da estrada e estavam voando como foguetes pelas ruas da cidade, March dirigindo que nem um maníaco enquanto Healy carregava a arma dele no banco do carona. Uma das armas dele, March se corrigiu. Havia a do tornozelo também. Jesus, esperava que não precisassem de nenhuma delas.

Muito abalado, avançou um sinal vermelho.

Vamos lá, venham na minha cola, pensou, tentem me multar. Por favor. Agradeceria se visse algum carro de polícia saindo no encalço deles de alguma posição escondida. Sirenes, luzes. Quanto mais, melhor.

Só não deixe ser tarde demais.

— Jessica — Holly disse, tentando soar firme e confiante, tentando não deixar o pânico aparecer na voz —, chama a polícia.

— Jessica, — John-Boy interferiu, — eu não faria isso se fosse você.

Jessica ficou olhando de um para o outro, como se houvesse alguma escolha para fazer. Sério mesmo? O assassino com uma navalha na mão ou a sua melhor amiga? Certo, ela estava com uma arma na mão, mas mesmo assim. Um assassino ou a sua melhor amiga? Um homem adulto de mais de um metro e oitenta que você sabe que matou, o quê, uma dúzia de pessoas? Mais? Ou a sua amiga? Vamos logo com isso. Numa escala de pequenos dilemas da vida, esse era um dos fáceis. Volta pro telefone, Jessica. É o que você sabe fazer melhor. Você passou a noite toda na merda do telefone, você consegue fazer isso de novo. Está bem ali, no sofá, onde você o deixou cair. São só três numerozinhos, um nove, um um e outro um[8]. Vamos logo, Jessica...

Mas Jessica estava completamente congelada.

Do lado de fora, a alguma distância, escutaram o barulho de um carro, motor acelerando, pneus cantando. Holly se permitiu ter esperanças. Mas estavam em L.A. Aquele era um barulho que se escutava dez vezes por hora.

Mas pareceu tirar Jessica do estado de paralisia. A mão dela se mexeu na direção do telefone.

— Jessica...? Eu não faria isso se fosse você — John-Boy repetiu, com firmeza.

— Jessica, não escuta ele! — Holly gritou. — Arranja ajuda!

---

8   N. T.: Nos EUA, o número de acesso rápido da polícia é 911, equivalente ao 190 brasileiro.

Aquilo era demais para ela. Algumas garotas simplesmente não conseguiam lidar com a pressão, Holly sabia disso. Só esperava que Jessica fosse mais forte que essas garotas.

Jessica disparou. O que não seria a pior coisa do mundo se houvesse escolhido correr para longe do assassino. Mas o que ela fez foi passar em frente a ele, tentando percorrer o caminho mais rápido até a porta da frente. E então o braço dele estava ao redor da cintura dela, e a navalha no pescoço da menina.

Holly teria puxado o gatilho, mas ele estava segurando Jessica na frente dele, usando-a como escudo. Deus.

— Se você machucar ela, eu juro por Deus, eu vou matar você — Holly ameaçou.

Mas ele tinha outra coisa em mente. Levantou Jessica do chão e a jogou na direção de Holly, que se lançou para baixo. Jessica passou por cima dela, agitando os braços e gritando enquanto voava na direção da janela lateral e a atravessava. Estilhaços de vidro se espalharam por todos os lados.

John-Boy levantou a navalha sobre a cabeça e deu meio passo à frente...

Mas agora aquele barulho de motor estava mais forte, e um par de faróis surgiu pela janela da frente, projetando-se contra as costas de John-Boy e cegando Holly enquanto ela olhava na direção da porta. Por favor, que sejam eles, por favor, que sejam eles...

John-Boy era um profissional. Por mais que fosse adorar cortar aquela escrotinha que havia lhe causado uma enorme quantidade de problemas, tinha um trabalho para fazer, e nunca deixava o prazer pessoal interferir na realização de um trabalho. Virou-se de costas e com dois passos estava fora da casa, com a navalha guardada para um outro momento.

— Você escutou isso? — March perguntou, e ele e Healy saíram apressados do carro. Parecia o barulho de vidro quebrando.

Havia um homem com um terno marrom caminhando calmamente, de forma casual, da porta da frente deles até um sedan dourado estacionado junto ao meio-fio.

— Com licença — March o chamou.

— Boa noite — o cara respondeu, levantando uma mão para acenar e sorrindo de uma forma um pouco rígida.

— Você escutou esse barulho agora há pouco?

— Ah sim, bem agora. — O homem estava junto à mala do carro, destrancando-a com a chave. — Fui eu. Eu joguei aquela garotinha pela janela. — E sem perder tempo colocou as mãos dentro da mala, tirou uma submetralhadora Sterling e começou a atirar na direção deles.

Healy e March se jogaram no chão enquanto os tiros estavam voando. O carro foi salpicado de balas, reduzido em segundos a destroços imprestáveis.

Bem, pelo menos os havia levado até a casa.

— Me cobre — March disse, com as palavras do assassino ecoando nos ouvidos: Eu joguei aquela garotinha pela janela. Era terrível que estivesse torcendo para que estivesse falando da outra garotinha? Não. Tinha direito àquilo.

Healy sacou a arma e surgiu por cima da porta do carro, atirou duas vezes na direção de John-Boy, depois outra vez. Não o atingiu, era demais esperar por isso, mas a metralhadora parou de atirar enquanto o assassino se encolhia por trás de uma árvore, e March usou a folga momentânea para atravessar a rua correndo, agachado, rezando, fazendo de si o menor alvo que conseguia. Escutou Healy atirando de novo quando chegou do outro lado. Obrigado.

E obrigado de novo — esse para o cara grandão, já que a garota estirada nos arbustos embaixo da janela lateral a) estava viva, e b) não era a filha dele. Ela estava gemendo, coberta de vidro. Mas iria viver. Colocou ela sobre o ombro, carregando-a mais ou menos como um bombeiro preguiçoso faria, e correu com ela em direção à porta.

— Holly! — ele gritou. — Holly!

De dentro, Holly gritou de volta:

— Pai!

— Entra! Se abaixa! — March abriu a porta com tudo e carregou Jessica pela sala até chegar ao quarto de Holly.

Lá fora, na rua, Healy também estava correndo em direção à porta. Só que estava fazendo isso sem nenhuma cobertura a não ser os tiros que ele mesmo estava disparando. March arriscou olhar para trás. O louco desgraçado. Por que ele simplesmente não ficou perto do carro?

— Ela está bem? — Holly perguntou, e ele levou um segundo para perceber que ela estava falando de Jessica.

— Ela está bem — March respondeu. — Agora vem comigo.

A metralhadora havia voltado a atirar, e estava destruindo a rua, as árvores, as casas vizinhas. Healy estava abrigado atrás de uma plataforma de concreto, planejando a próxima ação que faria. Aquilo era que nem a porra do Dia-D, como o pai dele na praia de Omaha. Estava se lembrando das histórias que o coroa havia lhe contado nas raras visitas que fazia à casa da família dele, sobre dominar territórios um metro sangrento por vez. Ansiava por aquelas histórias quando tinha sete, oito e nove anos, nunca escutava o bastante, mas então havia superado a fase de besteiras heroicas quando se tornou um adolescente. E foi então que o pai dele lhe contou, no final de uma conversa particularmente difícil, que não se tratava de ser um herói, nada daquilo era, filho, tudo aquilo era sobre permanecer vivo. Mais um dia, mais uma hora, mais um minuto. Estava-se vivo ou se estava morto, essas eram as opções, e se sobrevivesse um minuto, isso apenas lhe dava a chance de tentar sobreviver outro. E outro. Isso era a guerra, e isso era a vida: chegar ao próximo minuto. E Healy o havia chamado de covarde, pois imaginava que aquela palavra seria a que mais machucaria o coroa, e porque estava com raiva, e quatro meses depois estava colhendo abacates e tentando compreender alguma coisa de Tomás de Aquino.

Mas o coroa havia estado certo, é claro. Quando se está sob fogo inimigo, tem-se uma única tarefa, e é se manter vivo.

Então Healy realizou a tarefa dele. Agachou, colocou a mão por cima da plataforma, atirou mais duas vezes na direção de John-Boy, e então correu, a toda velocidade, seguido a cada passo pelos tiros, até que pudesse se jogar agachado atrás dos troncos grossos de um aglomerado de palmeiras. E recarregar. E torcer para que March houvesse tirado as garotas da linha de fogo.

*

O que March havia feito — por enquanto. Havia colocado Holly e Jessica (ainda inconsciente, e talvez isso fosse melhor assim) no *closet* do quarto grande, sentadas no chão, então pulou quase um metro no ar quando Amelia surgiu do banheiro e gritou:

— Fascistas do caralho!
— Jesus! — March gritou.
— Desculpa — Amelia disse. — Não sabia que era você.
— Entra ali — ele indicou, apontando para o *closet*, e Amelia seguiu a instrução docilmente. Bem, ok. Era melhor assim.
— Vem cá — ele disse para Holly, e a puxou para um abraço rápido e desesperado. — Agora fica aí e não se mexe, está bem? — Fechou a porta do *closet*.
— Espera, pai, espera — pediu a voz de Holly. — Aqui. — A porta se abriu e a arma dele despontou de dentro dele.

— Deus — March gritou, cambaleando para trás de novo, afastando-se da arma que estava sendo agitada de forma selvagem no ar. Então ele a pegou. Boa garota. Avançou em direção à porta. Não conseguia acreditar que estava fazendo aquilo, mas ali estavam os pés dele, e eles o estavam carregando na direção do barulho de tiros, não no sentido oposto. Quem poderia acreditar?

Bem nessa hora, Healy estava se perguntando se alguém acreditava que os tiros iriam cessar. Não parecia muito provável, a não ser que ele mesmo ficasse sem munição. O que — calculou de cabeça — não estava tão distante de acontecer. Merda. Levantou-se, atirou uma vez, se abaixou de novo. Tinha que começar a conservar munição.

Então escutou tiros vindo da direção da casa — um, dois, três — e viu uma fileira de buracos de bala surgir na mala aberta de John-Boy. March! Healy viu a cabeça de John-Boy girar e ver March se abrigando por trás do batente da porta, com a arma levantada. O assassino não perdeu tempo, só colocou a mão livre dentro da mala e a tirou com uma segunda arma. Agora ele estava atirando com as duas mãos, a submetralhadora voltada para Healy, uma pequena pistola preta mirada em March. Puta que pariu.

March recuou para dentro da casa enquanto a madeira soltava lascas bem no lugar onde o rosto dele estava há alguns segundos. Healy também recuou, depois escutou um som ameaçador de algo quebrando em cima dele. Olhou para cima — depois se levantou apressado e saiu correndo pra cacete.

No *closet*, Jessica se mexeu. Holly sentiu a cabeça da amiga se mover contra o ombro dela.

— Jessica! — Virou-se para Amelia. — Acho que ela está acordada. — Então percebeu que Amelia não estava mais sentada ao lado dela, estava em pé com a mão na porta do *closet*. — Espera, onde é que você está indo?

Perto de Holly, Jessica gemeu.

— Está tudo bem — Holly disse. — Você está bem.

Do lado de fora, o barulho de tiros continuava. Holly se virou de novo para Amelia.

Mas Amelia não estava lá. Ela havia saído do *closet* e estava andando em direção à janela do quarto de Holly.

— O que é que você está fazendo? — Holly gritou.

Amelia estava sobre o peitoril da janela agora, então abriu a janela e colocou uma perna para fora. De lá, gritou para dentro.

— Diz obrigado por nada ao sr. Healy. — Depois saiu de vista.

Durante um instante silencioso entre tiros, Holly escutou os passos desesperados de Amelia se distanciando.

*

Existem coberturas e coberturas. A cobertura de Healy, nesse caso, vinha na forma de uma das palmeiras, que, após ser atingida no tronco repetidamente por tiros de metralhadora, havia finalmente aguentado o bastante e decidido que era hora de se deitar. A merda do negócio inteiro começou a virar, e então a cair, e Healy correu para trás enquanto ela estava caindo, até chegar à casa. Quando a árvore caiu de vez, provocando um rugido colossal de folhas se partindo, Healy colocou os braços em frente ao rosto e se lançou pela janela grande da cozinha, gerando uma explosão de vidro. Rolou quando atingiu o chão, agachado, e parou com as costas contra a parede e a cabeça acima da linha da janela por muito pouco. Estava apalpando desesperadamente o casaco, procurando pelo último pente de munição reserva, quando March entrou pelo canto.

— Você está bem? — March perguntou.

— March! Arma! Arma!

Tem que dar crédito ao cara — ele avaliou toda a situação com um só olhar. Assassino profissional do lado de fora, ainda atirando, parceiro no chão, com uma arma descarregada na mão, apalpando o casaco em busca de um pente novo sem nem mesmo saber se ainda tinha um. March não hesitou, jogou a arma na direção de Healy.

Ela voou por cima do ombro de Healy e atravessou a janela estilhaçada.

— Porra! — Healy gritou.

— Merda! — era a opinião de March.

E do lado de fora, John-Boy surgiu com uma opinião própria, na forma de um fuzilamento da Sterling.

March puxou o pote de biscoitos de cima do balcão da cozinha e ele caiu no chão ao lado de Healy. Ele virou o pote entre os dois, derrubando uma porrada de balas aleatórias no chão, junto a um revólver de cano curto, uma coisinha louca que havia tomado de uma prostituta anos atrás. Infelizmente, não estava carregado. Healy pegou uma mão cheia de balas e tentou enfiá-las no tambor.

Então, a uma grande distância, escutaram o som de sirenes.

Bem, tudo certo. Finalmente. Só havia levado mil balas antes de o DPLA acordar.

A metralhadora finalmente cessou fogo. Colocando a cabeça por cima do peitoril da janela, Healy viu John-Boy jogar a Sterling dentro do carro, bater a porta da mala e pular atrás do volante. Healy atirou duas vezes — foi tudo o que pôde fazer, havia encontrado apenas duas balas que cabiam na arma — e ambos os tiros acertaram o alvo, mas apenas racharam o vidro do para-brisas. John-Boy nem mesmo pareceu perturbado. Apenas ligou o carro calmamente e se afastou, os faróis vermelhos da traseira desaparecendo pela rua.

O silêncio que se seguiu — quebrado apenas pelo gemido crescente e decrescente das sirenes se aproximando — foi uma bênção.

— Ele foi embora — March disse, e correu para o quarto de Holly. — Ele foi embora!

Holly estava lá, e Jessica, agora acordada e sentada com uma expressão infeliz no braço de uma cadeira, apertando a cabeça com as mãos. E Amelia...?

Onde estava Amelia?

Holly apontou na direção da janela do quarto.

Amelia estava no bosque. Ainda descalça, completamente assustada, com frio usando aquele vestidinho amarelo, com os braços cruzados sobre o peito para se aquecer ou talvez só para conseguir alguma confiança. Estava cambaleando de uma árvore para a outra, mantendo o tiroteio atrás de si.

A estrada. Iria em direção à estrada. Alguém iria parar, alguém teria que parar. E então ela iria embora. Ficar na dela. Dar um nome falso, havia feito isso antes, poderia fazer de novo. Já havia sido Harriet uma vez, e Francie, e Faith, e oh, Deus, tantos outros nomes. Havia trabalhado fora dos registros empacotando caixas num galpão e limpando o chão em uma clínica de reabilitação ilegal. Havia feito programas também, mas foda-se, quem nunca havia feito isso? Havia conseguido ir adiante, era isso que importava. Havia sobrevivido. Faria aquilo de novo.

Em algum momento, ela percebeu que o tiroteio havia acabado, ou talvez houvesse conseguido chegar tão longe que não podia mais escutá-lo. Não, devia ter acabado. Essa era uma característica de tiroteios, dava para escutá-los de muito, muito longe.

É, bom. Talvez Healy tenha tido sorte e conseguido acabar com aquele escroto. Podia ter esperanças.

Mas mesmo se tivesse, a mãe dela mandaria outro. E outro. A não ser que acabasse com ela antes disso. O que...

Ainda era possível. A piranha não sabia, mas ainda era possível, e mais do que possível. Iria acontecer. É, iria. Tinha apenas que se manter viva por tempo suficiente e poderia assistir ao acontecimento com alegria, ver o rosto da mãe no noticiário noturno, ver o escroto do Walter Cronkite lendo a manchete em cima de uma foto da mamãe dela sendo levada, algemada. Deus, aquilo seria tão bom.

Amelia saiu de onde estava, entre duas árvores, quando escutou — finalmente — um carro vindo pela estrada. Não estava correndo nem nada, estava apenas seguindo pelo caminho, e isso era bom porque significava que o motorista a veria e teria tempo de reagir e parar. E o carro pararia. Ela era uma garota nova e bonita com um vestidinho amarelo, com hematomas, sangue e descalça, que espécie de filho da puta não pararia para ajudá-la?

Levantou os braços, agitou-os acima da cabeça, e o carro diminuiu a velocidade. Não estava conseguindo ver nada além dos faróis muito brilhantes, mas o importante era que o carro estava parando. Mesmo que fosse um cara estranho, mesmo que fosse um escroto que a fizesse pagar um boquete como pagamento por levá-la para fora do estado, não tinha problema, ela faria aquilo. Contanto que ele a deixasse segura, certo?

Correu até a porta, e o motorista se inclinou na direção dela e abaixou a janela do carona.

— Por favor, eu preciso ir embora daqui — ela começou, e John-Boy atirou no peito dela.

O corpo dela se amontoou no chão.

John-Boy sorriu e continuou dirigindo para longe dali.

Palavra do Dia

Entropia \en-tro-pi-a\, substantivo:
Um estado de desordem e degradação,
ao qual tendem toda a matéria e a energia no universo.

36.

Estavam num banco do lado de fora do tribunal, perto de onde haviam assistido o grupo de protestos se fingir de morto sobre a escada da Prefeitura. Era um dia bonito.

March estava coçando por baixo da borda do gesso, não porque o braço estava coçando, mas só porque queria e foda-se. Estava olhando para as mãos. Healy, sentado ao lado dele, estava olhando bem para a frente. Ao lado de Healy havia um jornal, descartado. A morte de Amelia não havia conseguido aparecer na primeira página. Não com os múltiplos assassinatos no Burbank Airport Western para serem divulgados — aquilo era uma notícia de escala nacional. Richard "Rocco" Sicorio havia caído quinze andares até o chão do estacionamento, embora investigadores também houvessem reportado ter encontrado múltiplos ferimentos de balas no torso dele e que qualquer um daqueles poderia ter sido a causa da morte...

Amelia estava na página quatro.

Healy havia fechado o jornal e o colocado no banco com a capa para baixo. Ele e March haviam dito tudo o que tinham para dizer um para o outro pelo menos duas ou três vezes, e agora estavam apenas sentados ali, esperando.

Enfim, Perry saiu do prédio e eles se levantaram do banco para se juntar a ele. Perry era o advogado deles.

— Ela matou a porra da filha dela, Perry — March disse —, por favor, me diga que eles vão pelo menos interrogar ela.

Perry mostrou o que pensava sobre aquela ideia com um único movimento dos lábios.

— Eles não interrogaram, nem vão interrogar.

— Porque...? — Healy perguntou.

— Porque ela é a chefe do Ministério da Justiça. — Perry se virou para os dois, parou de andar. Tinha que ressaltar um detalhe. — Ah, e a propósito? De nada. Vocês estão livres. Do próprio reconhecimento de vocês. Vocês podem sair sem problemas. Devia ter uma estátua minha na porra da casa de vocês.

March estava acendendo um cigarro e tentando com todas as forças não se importar com aquilo. Com nada daquilo.

— Desculpa, caras — Perry disse. — Vocês vão perder nessa. Está bem? É a palavra de vocês contra a dela, não tem nenhuma evidência, vocês perderam. — Balançou a cabeça negativamente para os dois. — É melhor vocês pensarem seriamente em mudar o relato de vocês.

Holly estava parada ao lado da porta traseira aberta de um táxi. Acenou de leve para eles quando desceram a escada na direção dela.
March acenou de volta de meia-vontade.
A volta para a casa de March foi demorada, dando-lhes tempo suficiente para pensar melhor em tudo aquilo.
No assento da frente, ao lado do motorista, Holly estava olhando pelo para-brisas e tentando imaginar o que a mãe dela diria num momento como aquele. Não era difícil. A mãe amava o pai dela, amava-o mais quanto menos ele merecia, amava-o quando ele ficava sem fazer nada e quando ficava até tarde fora e voltava mal conseguindo ficar em pé. Ela diria, com o sotaque bonito, muito bonito, polido e invejável de Belvedere:
— Fodam-se eles, Holl. Fodam-se eles. Bate o pé e diz pra eles que eles estão errados, porra.
Ela acreditava em verdades absolutas. E uma dessas verdades era Holland March.
Holly estava olhando para os pássaros voando em bando no céu e praticou segurar o choro.
Healy estava olhando para os pássaros também, e pensando que talvez ser um detetive particular não fosse tudo o que parecia ser. Estranhamente — paradoxalmente, poderia dizer, se tivesse um bom calendário para lhe ensinar o que aquela palavra significava —, as pessoas não odiavam um quebrador de joelhos da mesma forma como odiavam um detetive. Quebrar os joelhos de alguém, ou o braço, a mandíbula, era uma profissão boa e honesta, e em geral as pessoas que recebiam os golpes sabiam por que aquilo estava sendo feito, e aceitavam a situação. Sabiam que deviam dinheiro. Sabiam que Kitten era menor de idade. Sabiam, e recebiam a punição deles. Mas as pessoas de quem um detetive particular ia atrás — essas pessoas respondiam aos golpes, e jogavam sujo. Agora, talvez esse fosse um motivo maior ainda para entrar naquele negócio e cuidar dessas pessoas. Não era melhor bater o pé contra os poderosos do que bater em pessoas pequenas que não esperavam nada melhor do que aquilo? E Healy estava preparado para dizer que sim, era sim. Mas, como naquele dia do restaurante, tinha que

ser ele a pessoa que faria isso? Só dessa vez, não podia ser outra pessoa a que se levantava e levava a bala no braço?

E March também estava olhando para os pássaros. Havia se esforçado para tirar o casaco e colocá-lo sobre a cabeça com a intenção de dormir um pouco, mas o sono simplesmente não estava vindo — todo aquele tráfego anda-e-para de L.A. E com dormir fora de questão, começou a pensar por que havia entrado naquele nicho de trabalho no começo das contas, sem pensar no trabalho de detetive particular, mas em quando havia entrado para a polícia. Havia sido um idealista, certo? Em algum momento? Mal conseguia se lembrar. Mas é, em algum momento devia ter sido. E então vieram as duras lições das mãos dos policiais mais velhos, as tramoias e trapaças, os atalhos e compromissos feitos. E não era como se as sementes não tivessem sido colocadas em um solo fértil no caso de March. Ah, ele havia estado pronto, e na mesma hora havia fechado os olhos e estendido a mão como um bom garoto. Proteger e servir era o caralho, era se proteger e se servir em L.A., e se proteger e servir cada vez mais a cada dia. E mesmo assim...

E mesmo assim.

— Ah, foda-se — ele disse, olhando os pássaros atravessando o céu. — Talvez eles estejam certos. Talvez as porras dos pássaros não estejam conseguindo respirar.

Ao lado dele, Healy estava concordando com a cabeça.

— Amelia... Misty... Dean... Shattuck — Healy disse —, todos estão mortos. O resto de nós vai ficar pra sufocar.

Holly suspirou profundamente.

— Eu preciso de uma bebida — ela disse.

37.

Enquanto Healy estava pagando ao taxista, Holly e o pai saíram do carro e observaram os destroços da casa deles. Casa alugada, era verdade. Mas ainda assim era a segunda casa que haviam perdido num período de um ano. Será que a próxima sofreria uma inundação? Uma praga de gafanhotos? Talvez fossem levados por um tornado como naquele filme antigo e acabassem no mundo de Oz, dançando com a Guilda do Pirulito.

— Eu sempre odiei aquela palmeira — Holly disse, olhando para o lugar onde ela estava caída, calma, com o tronco estirado por cima do teto.

— Nunca confiei nela — March comentou.

— É.

— Vai lá dentro e pega as suas coisas — ele lhe disse. — A gente vai ficar num hotel ou algo assim.

— Ok. — Holly partiu, passou por baixo da faixa amarela onde se lia CENA DE CRIME NÃO ULTRAPASSE do começo ao fim.

— A gente vai pedir um serviço de quarto — March gritou para ela.

Atrás dele, escutou o som de um carro estacionando e pensou que talvez o táxi houvesse voltado, talvez tivessem deixado algo no banco de trás. Mas quando se virou viu que era um Oldsmobile de duas cores, uma lata velha cuja parte de baixo ficava arrastando contra o asfalto e cuja motorista estava em uma situação semelhante. Antes de ver o rosto dela, March viu as meias-calças surgindo, e depois a bolsa de batik gigante, que pousou na calçada ao lado dos pés dela.

Com um gemido, Lily Glenn se arrastou para fora do banco e veio mancando até o lugar onde os dois homens estavam. Espreitou na direção de March através das lentes grossas e arredondadas.

— Senhor March — ela disse, e não estava soando satisfeita.

— Sra. Glenn — March respondeu.

— Eu preciso conversar com o senhor — ela entoou.

— Que... que surpresa maravilhosa — March disse, com o que imaginou ser o sorriso mais falso que já havia mostrado.

A sra. Glenn olhou para além dele e viu a árvore caída, as janelas estilhaçadas.

— Essa é a sua casa...?

— Estamos reformando — March respondeu. — Escuta, não é uma hora muito boa...

— É uma hora muito boa, sim — ela insistiu. Ela se aproximou de Healy. — Ele devia estar procurando a minha sobrinha.

Healy encarou March.

— É mesmo?

March fingiu que não havia escutado.

— Eu pensei que ele tinha desistido — Healy disse.

— Ah, ele desistiu — a sra. Glenn respondeu —, ele tentou. Mas eu insisti pra que ele continuasse. Porque eu vi ela. — A voz dela ficou mais alta. — Mas ninguém acredita em mim. Por que ninguém acredita em mim?

Por trás dela, March estava fazendo gestos — um dedo girando ao lado da orelha como se fosse um apontador de lápis, um dedo atravessando de um lado ao outro da garganta.

— Tenho certeza que não sei, madame — Healy disse.

— Eu vi ela — a sra. Glenn repetiu —, na casa dela, pela janela da frente, tão claro quanto a luz do dia. Escrevendo alguma coisa, à mesa. Ela estava vestindo um paletó azul listrado.

— Eu vi esse paletó, vi mesmo — Healy disse.

March parou de gesticular.

— O que você quer dizer com isso, você viu o paletó?

— Na casa de Shattuck, na sala de depósito, com um monte de outras roupas.

— Aquele paletó estava na casa de Sid Shattuck?

— Estava — Healy afirmou —, o terno todo. Estava ensacado, estava com o nome de Misty nele e com o nome do filme.

Os olhos de March brilharam. Era a iluminação de um circuito sendo fechado abruptamente. Era quase possível ver literalmente a lâmpada se acendendo.

— É o figurino do filme — ele disse. — É o figurino do filme!

E daí? Healy não estava muito certo do porquê de aquilo ser uma notícia tão animadora. Então era o figurino do filme. E daí? Significava que a senhora não estava imaginando coisas quando descreveu a roupa que a sobrinha estava usando, mas o que queria dizer além disso Healy não conseguiu alcançar.

Mas March tinha claramente algo na cabeça.

— Porra, puta que pariu! — ele disse.

— Oh! — a sra. Glenn exclamou, e levantou um dedo ofendido contra o rosto dele.

— Desculpa — March disse, depois pegou no braço dela e começou a caminhar com a senhora de volta até o carro. — Sra. Glenn, eu preciso que a senhora nos leve até a casa da Misty, eu preciso que a senhora nos mostre exatamente o que viu.

Subiram uma colina inclinada até um lugar com paredes brancas e porta vermelha, construída sobre uma garagem partilhada com a casa vizinha. Uma cerca de ferro forjado na frente, uma janela com uma sacada, um jardim na parede. Não era uma mansão, isso era certo. A maior parte dos lucros dos filmes dela fora para Shattuck, claramente. Mas era um lugar decente para se morar, em uma vizinhança decente. March imaginou quantos dos vizinhos de Misty sabiam da forma como ela pagava a hipoteca.

— Ali, ali — a sra. Glenn disse, apontando —, aquela é a janela. Eu estava vindo por esse lado, e eu vi ela, por aquela janela, escrevendo na mesa junto à parede de trás.

Todos saíram do carro, subiram a escada e entraram na casa, March primeiro, depois Healy, depois Holly e, enfim, lentamente, a sra. Glenn. Um por um, todos viram a mesma coisa. A sra. Glenn foi a primeira a colocar aquilo em palavras.

— Mas... não... estava aqui, a mesa estava aqui!

Ela estava parada junto a uma parede vazia.

— Não tem nenhuma mesa agora — Healy disse.

— Bem... Eu não sei o que dizer...

— Pai, o que é que você está fazendo? — Holly estava encarando as costas do pai enquanto ele estava se arrastando, de quatro, cutucando o que parecia ser uma mesinha de café robusta no meio da sala. Na verdade, não parecia muito com uma mesinha de café — era alta demais, ocupava espaço, e tinha uma junta estranha no meio, quase como uma mesa de jantar que podia ser expandida ao ser aberta e acrescentando algumas folhas de madeira extras. Mas também não se parecia muito com isso.

— Me dê um segundo — March pediu, resmungando, pressionando a ponta dos dedos contra a base do móvel. Finalmente encontrou alguma coisa, um trinco, e o abriu. As duas metades da mesa deslizaram cada uma para um lado, e por baixo dela surgiu um equipamento à vista.

Era um retroprojetor.

— Pior detetive do mundo, né? — Encarou Holly, que estava com os braços cruzados de novo. Era a pose favorita dela. Mas ela ia ter que engolir as próprias palavras.

— A senhora realmente viu a sua sobrinha, sra. Glenn — March disse, exultante. — A senhora viu ela naquela parede, numa mesa, com um terno listrado.

— Então, o que ela viu pela janela — Healy completou, lentamente, lembrando-se do próprio encontro recente com um sistema de projeção que estava formando a imagem de uma bela mulher, em tamanho real, na parede de uma sala, — foi um filme.

— Não um filme qualquer — March acrescentou. — O filme. O filme!

— Mas queimaram o filme — Healy disse.

— Bem, e como foi que ela viu dois dias depois que ele supostamente foi queimado? E o figurino que casa perfeitamente?

— Então a Amelia tinha uma segunda tiragem? — Healy perguntou. — Ela tinha uma cópia?

— Você não teria? — March respondeu.

Holly entrou na conversa.

— E ela deu essa cópia pra Misty. Então depois que a Misty morreu... ela veio aqui pra pegar... checou o filme na parede...

— A Lily viu por aquela janela — March continuou, apontando.

— ... e a Lily começou a bater no vidro, então a Amelia foi embora correndo. E levando o filme.

— E foi... pra onde? — Healy perguntou, mas então percebeu que sabia a resposta. — Pro Hotel Western. Encontrar os empresários. Você não disse que esse tal de Rocco era um...

— Distribuidor — March disse, e levantou as mãos no ar. — Distribuidores! Ela estava mostrando o filme pros distribuidores! Ele está por aí, o filme existe, agora a gente só tem que encontrar ele.

Holly, enquanto isso, estava cutucando o retroprojetor. Não havia nenhum filme enroscado nele, nenhum filme dentro do armário de onde o projetor havia saído. Mas o que ela encontrou foi um pedaço de papel.

— Eu, olha — ela disse, e leu em voz alta. — "Noite de inauguração, nove pm". Assinado: Chet.

— A porra do Chet — March repetiu.

— O cara do protesto? — Healy perguntou.

— Me dá essa merda — March disse, e tomou o papel de Holly. Leu de novo. — Ela estava planejando alguma coisa com o Chet. "Noite de inauguração". O que está inaugurando por agora com que eles iriam se importar...?

— O Show de Automóveis de L.A. — Holly sugeriu. — É hoje, não é? Estão falando disso em todas as rádios.

— É — Healy concordou. — Festa grande, pessoas importantes, um monte de gente da imprensa. Se quisessem espalhar uma história por aí...

— E a porra do Chet trabalha com projeções — March acrescentou.

— Por favor! — A sra. Glenn estava parada ali, à beira das lágrimas. — Por favor, parem de falar. Eu fiquei ouvindo cada coisa que vocês disseram... isso significa, isso significa... que a minha sobrinha está morta?

— É! — March explodiu. Holly e Healy olharam para ele. Jesus. Ele abaixou a voz. — Quer dizer, sabe como é, aham? Ela foi assassinada. É. Sinto muito...

— Mas a gente vai pegar as pessoas que fizeram isso — Holly disse com firmeza.

— É — March concordou com a cabeça, sinceramente. — E por um pagamento bem abaixo da tabela.

38.

Havia hotéis e hotéis. Comparado a esse, o Burbank Airport Western era uma casa de bonecas. Duas torres de vidro, ligadas por uma passagem elevada, erguida a pelo menos trinta andares no ar. Aos pés deles, uma enorme piscina lançava um brilho turquesa, produzido pelos raios de holofotes gigantes, da espécie que há em estreias de filmes. E aquilo era uma estreia — só que as estrelas nesse caso eram veículos de duas toneladas, girando majestosamente sobre plataformas e acompanhados de belas mulheres para acrescentar ainda mais brilho às suas apresentações.

— Bem-vindo a Los Angeles e ao Show de Automóveis da Costa do Pacífico de 1978! — ressoava a voz de um apresentador nos alto-falantes espalhados por toda a área, enquanto numa tela de três andares de altura eram projetadas imagens de pessoas sorrindo e apreciando os melhores carros do próximo ano. Painel de grão de madeira dizia uma legenda. E: assentos reclináveis de fábrica. E: painéis de porta com cobertura de tecido. E: rodas de estrada estilizadas.

March estava abrindo caminho à frente deles, atravessando o pavilhão principal até chegar à recepção da torre mais próxima, Healy o estava seguindo de perto e Holly estava brincando de trenzinho. March não quis trazê-la de início, mas ela havia batido o pé e, bem, foda-se, ele calculou que ela havia conquistado aquilo se era o que queria. Afinal, quem poderia dizer que ela estaria mais segura sozinha em algum lugar? Isso quase havia terminado de uma forma terrível na última vez.

Depois de perguntar no balcão, subiram de elevador até o nono andar e caminharam até encontrar o saguão central. Passaram por um grupo de homens novos com cabelo comprido que haviam tentado se limpar e parecer mais empreendedores, mas só haviam conseguido parecer *hippies* usando roupas roubadas. Dois deles estavam vestindo paletós rosas e o terceiro estava com uma cor de creme e uma gravata borboleta bege. Todos estavam fazendo uma pausa para fumar.

— Vocês sabem onde é a sala de projeções? — March perguntou, imaginando que aqueles caras pertencessem ao grupo de vigilância de Chet.

Um deles, o mais corpulento, apontou um dedão na direção de um corredor próximo.

— Você viu o Chet, o responsável pelas projeções?

— Ele acabou de sair — o cara corpulento disse —, tipo uns dez minutos atrás, foi tomar uma bebida. E você...?

— Estou com pressa — March completou, e seguiu na direção do corredor. — Obrigado, mano.

— Como é que você sabia que o meu nome é Mano? — o cara gritou para as costas dele.

Mas March já havia passado do momento de dar respostas. Prosseguiu até chegarem a uma porta trancada com as palavras "SOMENTE FUNCIONÁRIOS — NÃO ENTRE". Tinha que ser essa. Era no final do corredor, e teria uma vista da janela para o pátio abaixo. Da janela do corredor, podiam ver uma imagem sendo projetada naquele momento. Nela, havia um carro e um homem ao lado dele — Bergen Paulsen, o porta-voz da indústria automobilística —, enumerando as qualidades do carro para a multidão reunida. March não conseguia escutar o que ele estava dizendo pela janela fechada, mas assumiu que o carro não só poderia dirigir sozinho como também poderia preparar um drinque enquanto isso. Carros do futuro sempre pareciam fazer coisas assim.

— A gente tem que entrar ali — March disse, e virando-se da janela descobriu que Healy já havia aberto a fechadura. Estava esticando o joelho em que estava apoiado para se levantar e colocando um abridor de fechaduras no bolso. Bem. Aquilo era útil, sem dúvidas.

March sugeriu que Holly ficasse do lado de fora e vigiasse, talvez perto daquele canto ali? Holly concordou com a cabeça e ficou em posição. Healy, enquanto isso, havia aberto a porta e entrado.

Do lado de dentro, encontraram dois projetores preparados, ambos apontados para as portas de vidro abertas para o terraço. Um projetor estava em uso, com a gravação de Paulsen e o carro que preparava drinques, e o outro estava com um filme preparado para rodar. Healy correu até o segundo e puxou uma faixa do filme, levantando-a contra a luz. Viu apenas um quadro após o outro de...

— É só um monte de carros. — Semicerrou os olhos para ler uma legenda em uma série de quadros. — "Orgulho de Motor City". Não é isso. Não é o filme.

— Merda — March disse. Pegou algumas latas de filme que viu sobre a mesa, mas estavam todas vazias. — A porra do Chet. Ele provavelmente ainda está com ele guardado em algum lugar. — Chutou a perna da mesa e uma das latas de filme caiu no chão, fazendo barulho.

O barulho cobriu o som da porta do quarto sendo aberta de novo, e nenhum dos dois percebeu que outra pessoa havia entrado até escutarem o clique de um tambor sendo armado em um revólver.

Eles se viraram, viram Tally fechar a porta com um chute por trás de si.

— Tally! — March disse. Ela estava usando um vestido coral impressionante, cinto dourado, brincos de metal que balançavam, e havia feito alguma coisa com o cabelo: não estava mais preso na parte de trás, agora era um afro exuberante. — Meu Deus, você está incrível. Como foi que você conseguiu fazer o seu cabelo...? Está magnífico.

Ela agitou a arma e ele levantou as mãos.

— Escuta — March continuou —, eu não sei o que está acontecendo aqui, mas teve uma jogada suja. Você sabia que aquela maleta que você deu pra gente foi trocada por alguém? Não tinha dinheiro nenhum nela.

Healy viu os olhos de Tally girarem e sentiu os dele fazerem o mesmo.

— Sério? — Tally respondeu, com uma voz sem-palhaçada; uma voz sem-mais-palhaçadas, para ser específico. — Armas no chão. Agora.

Healy colocou a mão dentro do casaco, pegou a arma e a jogou no chão. March fez o mesmo, relutantemente.

— Imagino que você tenha matado o responsável pelas projeções, né? — Healy perguntou.

— Não — Tally respondeu —, meu sócio está procurando por ele agora. A gente vai encontrar ele.

Healy lhe lançou um olhar sério e falou com suavidade.

— Tally, deixa eu perguntar uma coisa pra você. Você já matou alguém de verdade?

— Aham, em Detroit. Três vezes.

— Sério? — Aquela abordagem já era.

— Foi lá que isso tudo começou — Tally continuou. — No show de Detroit. Aquela piranha, a Misty, ficou tagarelando sobre o filme novo dela. Sobre todo o rebuliço que iria causar.

— Tally... você não é assim — March interferiu. — Você não é uma assassina.

— Ela acabou de dizer que matou três pessoas — Healy lembrou ao companheiro.

— Eu sei — March respondeu —, mas estou dizendo de lá no fundo. — Apontou para o próprio coração, para mostrar quão profundamente estava querendo dizer.

— Ei, olha só, uma vez é um erro — Healy disse —, mas, quero dizer, três vezes, você é um assassino.

— Não pinte ela com essas cores — March insistiu. — É fácil viver no seu próprio mundinho, sabe, onde todo mundo se encaixa em uma descrição, você classifica as pessoas...

— Olha o que está na sua frente — Healy lhe implorou —, ela está com uma arma.

— Você pinta todo mundo com essas cores.

— Ela matou três pessoas. Fala sério, cara.

— Você não sabe como ela foi criada, você não sabe por que ela...

— Não, eu estou só dizendo pra você...

Bateram na porta. Uma voz grave disse do lado de fora:

— Serviço de quarto.

Bem, não uma voz grave. Uma voz aguda, mas tentando soar grave, como poderia fazer uma garotinha.

Tally ficou distraída por um momento, e March aproveitou a oportunidade para se jogar no chão e começar a apalpar a barra da calça de Healy. Estava apalpando a panturrilha direita de Healy, a canela dele. Nada. Começou a dar patadas na perna esquerda de Healy, tateando toda a superfície dela.

— Merda! — Healy disse. Levantou uma mão quando Tally se virou para eles e apontou a arma de novo. — Não!

— O que é que ele tem de errado? — ela exigiu saber.

— Eu... Eu não sei — Healy respondeu. — Eu vou perguntar pra ele. March...?

— Oi — March disse. Estava com a mão dentro da calça de Healy, subindo o máximo que podia.

— Ham... que merda que você está fazendo?

— Você trocou ela de lugar? — March perguntou. Estava apalpando as coxas de Healy agora, desesperado.

— Troquei o quê?

— A porra da arma!

— Que arma?

— A porra da arma do tornozelo!

— Quem disse pra você que eu tinha uma arma no tornozelo? — Healy perguntou.

— Você disse! No carro, antes de a gente bater! Você estava tipo, oh, olha só a minha arma de tornozelo, você puxou a calça pra cima, me mostrou a sua arma no tornozelo...

Healy estava apenas parecendo confuso. Tally parecia confusa e levemente enojada.

— Cara, você está falando sério? — Healy perguntou. Estava começando a parecer um pouco enojado também. — Você está falando sério, porra?

— Ah, merda, — March disse, percebendo o erro, — eu sonhei com isso?

— É — Healy respondeu. — É, seu imbecil, você sonhou com isso.

March levantou um dedo. Ainda estava pensando no assunto.

— Não... não... — Depois: — É, acho que você está certo.

— Calem a boca! — Tally agitou a arma na direção deles. — Só calem a boca, vocês dois.

Bateram na porta de novo.

— Serviço de quarto!

Tally manteve a arma apontada para os dois enquanto dava um passo para trás e abria a porta.

— Holly? Você pode entrar agora.

E Holly fez isso. Empurrando um carrinho de serviço de quarto. Pratos, copos, uma vela, uma garrafa térmica de café.

Tally riu.

— Isso foi bastante esperto, Holly.

— Obrigada — Holly disse —, eu também achei. — Ela pegou a garrafa e jogou o conteúdo na direção de Tally. Ela ficou ensopada de café.

Mas aquilo não obteve o efeito desejado por Holly.

— Por que você acabou de jogar café frio em mim? — Tally lhe perguntou.

— Eu peguei ele no corredor — Holly disse, timidamente. — Eu achei que estava quente.

De onde estava, estirado no chão aos pés de Healy, March levantou a voz.

— Eu gosto do jeito que você pensa, querida. Isso podia ter funcionado de verdade.

— Certo: todo mundo, no canto — Tally ordenou e avançou rapidamente na direção deles. Um dos sapatos de plataforma dela escorregou na poça de café frio no chão e então as pernas dela foram para o ar e ela caiu estirada de costas no chão, um pouco parecido com a forma como Amelia havia caído quando voou de costas até o teto do carro. E com um resultado semelhante: a cabeça dela bateu na borda de uma mesa enquanto caía, e embora o dedo tenha se fechado por reflexo no gatilho, disparando uma bala e destruindo o arranjo de iluminação, Tally estava inconsciente quando bateu no chão.

March se levantou rapidamente.

— Bem. — Ajeitou o paletó. — Isso realmente funcionou.

— É — Healy concordou. Pegou a própria arma e a de Tally no mesmo impulso. March colocou a dele de novo no coldre.

— Agora a gente tem só que encontrar a porra do Chet antes que o John-Boy encontre ele.

— É — Healy disse de novo. — Bem, aquele cara disse que ele estava indo pegar uma bebida. Você vai pro bar do terraço, eu vou lá embaixo. — Deu um tapinha no ombro de Holly. Ela ainda estava tremendo. — Boa, garota.

Ele foi em direção à porta.

March estava colocando um travesseiro sob a cabeça de Tally. Tirou um momento para afagar o cabelo dela. Holly o encarou.

— Não tem motivo pra ela ficar desconfortável.

— Certo — Holly disse.

Ele se levantou e seguiu em direção ao elevador.

39.

Escada acima, escada abaixo.

Como no programa de TV que a esposa dele odiava, dizendo que não representava bem os britânicos, embora fosse feito por britânicos, não era? É, era, ela aceitava; mas todo o programa de TV feito por americanos representava bem os Estados Unidos? March não tinha uma resposta para aquilo. Os anos 1950 não foram como em Dias Felizes, isso era certo. E provavelmente os 1930 não foram como em The Waltons.

Falando nisso.

March examinou a parte do salão no andar de cima que podia ver do saguão de entrada próximo aos elevadores, em parte esperando que visse o filho da puta, parte esperando que não. De qualquer forma, não viu. Torceu para que Healy estivesse com mais sorte lá embaixo. Menos sorte. Tanto faz.

Virou-se para Holly.

— Só espera aqui. Eu vou dar uma olhada por aí.

— Eu quero ajudar!

— Você pode me ajudar ficando parada aqui — ele disse, e ela cruzou os braços, irritada.

— Você me promete que vai pegar o filme? — Holly perguntou.

— Aham, claro, eu prometo — March respondeu, olhando ao redor e tentando notar os rostos. Estava lotado. John-Boy poderia estar ali, em algum lugar.

— Você promete mesmo? — Holly perguntou, estendendo a mão para que o pai apertasse.

Ele hesitou, mas não conseguia dizer não para aquele rosto. Apertou a mão dela.

— Prometo mesmo.

Ela sorriu, satisfeita. O pai podia quebrar as promessas que fazia com qualquer outra pessoa — com todas as outras pessoas —, mas não com ela, depois de um aperto de mão.

— Merda — March murmurou quase sem emitir nenhum som e seguiu adiante, examinando a multidão ao redor dele.

— Ei, cara, — uma voz o chamou enquanto passava pelo bar —, o que eu posso fazer por você? — O homem atrás do balcão, um *barman* de cabeça redonda e roupas formais, gravata preta e mangas de camisa, estava esperando pela resposta.

March fez a melhor imitação de Jackson Healy que podia fazer e o rejeitou com um aceno. Estava trabalhando, havia assassinos à solta, precisava manter o juízo intacto.

O *barman* lhe respondeu na mesma hora:

— As bebidas são de graça. O que você quer?

Bem, eram bebidas gratuitas. Imaginou que uma não faria mal.

Merda, nunca dava para saber, o *barman* podia saber de alguma coisa.

Embaixo, Healy havia perdido por menos de dez minutos uma cena que o *barman* de lá estava agora lhe descrevendo. Sim, um homem tinha aparecido, um homem alto e bonito com um corte de cabelo feio e uma verruga grande na lateral do rosto. Sim, ele estava procurando pelo Chet. Sim, ele o tinha encontrado.

— Você é o responsável pelas projeções? — ele havia dito, ou algo semelhante: o *barman* não estava prestando muita atenção, entende?

Healy entendeu.

Chet tinha engolido um gole bem grande da bebida antes de responder, um Manhattan, de acordo com o que o *barman* se lembrava — não, um Rob Roy, era isso, um Rob Roy seco, lembrou que o garoto havia sido bem específico quanto àquilo, como se soubesse a porra toda sobre drinques com a idade que tinha, o quê, uns dezoito? Se tanto. Pelo amor de Deus, você sabia o que tinha na sua bebida quando tinha dezoito anos...?

Healy havia sido um pouco parcial naquele assunto, na verdade. Mas aquilo não era importante agora. Tentou trazer o *barman* para um pouco antes na conversa: Então, o garoto tinha saído com o cara alto...?

Bem, não de primeira — a bebida dele ainda estava pela metade, eu me lembro. Mas o cara alto tinha entrado mais a fundo no assunto com ele, dizendo coisas como "Nós estamos com um problema no nono" e "Alguém bateu no projetor, o filme está todo espalhado pelo chão". O garoto tinha respondido, "O filme está no chão, sério?" e o cara alto disse, "É. Está tudo uma bagunça".

E aí o garoto foi com ele...?

Bem, ele tomou mais um gole da bebida antes, do Rob Roy seco, mas aí, é, ele se levantou e seguiu o cara grandão.

Em que direção?

O *barman* apontou — e Healy saiu em disparada, passando pela porta lateral que lhe foi indicada.

Era uma porta de serviço, e atrás dela Healy encontrou uma área de carregamento cheio de estrados de madeira guardados em um canto e prateleiras de metal esperando por bandejas de cozinha. Um membro sindical barulhento que estava sentado com meia bunda espaçosa o guiou em direção ao lado oposto da área.

Healy foi apressado até onde ele estava, espreitando pelas sombras e chamando:

— Ei, Chet? Chet?

Escutou um grunhido como resposta, abafado, como se a pessoa que estava produzindo o grunhido estivesse sob uma pilha de roupas ou algo do tipo. Acabou que era uma pilha de lixo, amontoada bem alto em uma lixeira junto à parede. O grunhido estava ficando mais alto enquanto Healy se aproximava. Ele jogou caixas de papelão destruídas para os lados, junto com alguns restos do que havia sido preparado para ao jantar: folhas de alface murchas, cascas de cenouras e de cebolas. No meio do caminho encontrou Chet, com o rosto assolado por uma massa sangrenta de hematomas e ossos quebrados.

— Ei... Ei, Chet?

— Uhhhh — o garoto gemeu. Os olhos dele estavam fechados. Fechados é o cacete, estavam tão inchados que não conseguiam abrir. Healy já havia visto lutadores que depois de doze *rounds* ainda estavam melhores do que aquele garoto. Lutadores que perderam.

Mas nessas vezes haviam lutado dentro da própria categoria.

— O filme da Amelia — Healy disse, sentindo-se mal por pressioná-lo, mas imaginando que não tinha muito tempo, não só porque John-Boy estava na ativa de novo, mas também porque aquele garoto não parecia ser capaz de dizer mais do que uma frase. — Onde é que ele está?

O garoto lhe contou.

Só precisou de uma frase.

O que foi ótimo, já que ele estava morto quando chegou ao fim dela.

A voz de John-Boy surgiu pelo *walkie-talkie*, e só de escutá-la de novo a pele de Holly ficou arrepiada. Ela ajeitou a postura, ainda sentada, e escutou.

— O filme está no projetor — John-Boy disse, com a voz grave e falhada por causa da estática. — Repito: no projetor.

— A gente já checou isso — foi a resposta, e essa voz teria sido reconhecida pelo sr. Healy, e talvez pelo pai dela, mas não por Holly. Ela espreitou por cima do ombro, tentando parecer casual enquanto o fazia. O cara falando no *walkie--talkie* era mais velho que o pai dela, mais velho que Healy, mas não era velho velho: era só um cara mais velho de características normais, negro, estava vestindo um terno de três peças e mancava ao andar, como se houvesse ferido a perna recentemente.

John-Boy estava falando de novo:

— Está emendado no meio do outro filme.

— Diz pra Tally, ela está mais perto.

A voz falhada respondeu pelo *walkie-talkie*.

— Ela não está respondendo.

— Estou a caminho — disse o homem mais velho, soando preocupado. Enquanto estava desligando o walkie-talkie, espiou Holly olhando para ele. Ela se virou, inclinou a cabeça para a frente e se imaginou como uma tartaruga encolhendo a cabeça dentro do casco. Talvez ele não a houvesse visto de verdade — podia ter esperanças. E se ele houvesse, talvez não significasse nada para ele. Ela era só uma garota que notou um cara falando num *walkie-talkie*, só isso. Não havia motivos para que ele a reconhecesse. As pessoas sempre diziam que ela não era nem um pouco parecida com o pai.

Quando nada aconteceu durante um minuto, ela começou a relaxar.

Depois uma voz sussurrou no ouvido dela.

— Você não sabe que é feio escutar a conversa dos outros?

*

Infelizmente, o *barman* não sabia nada além de continuar servindo piñas coladas. Mas havia feito aquilo com habilidade e agora March estava completamente lubrificado. Talvez fosse por isso que não demonstrou nenhuma reação quando o cara com o terno vermelho encostou atrás dele e disse:

— Eu estou com uma arma apontada diretamente pra espinha da sua filha.

— Uma arma...? Por que isso? — March perguntou. Levantou a cabeça e viu as duas pessoas no espelho atrás do bar, Holly à frente, parecendo desanimada, e o cara negro por trás dela com a roupa de Papai-Noel; ou era de Satã? Enfim, alguém que se vestisse todo de vermelho. — Ei, Holly, o seu amigo quer uma bebida? Elas são de graça.

— Sr. March — disse o Terno Vermelho —, eu quero saber o que foi que o senhor e o seu amigo fizeram com a Tally...

March girou no banco para encará-los. Holly sentiu um aperto no coração quando percebeu que ele estava bêbado. Completamente bêbado.

— Squiii-dap! — March fechou os olhos com força e cantou, acompanhando mal a melodia de jazz que estava sendo emitida pelos alto-falantes do bar. — Bu-du-bap-ba! Bipiti bu dat bu... Como que é essa música?

Holly suspirou, indignada.

— Levanta — o homem disse. — Agora. A gente vai andar um pouco.

March desmontou do banco, vacilou um pouco quando aterrissou.

— Mostre o caminho pra gente, bebê Noel.

— Não — o homem contrariou —, você que vai mostrar. — Cutucou as costas de Holly com a arma. Ela pegou no braço do pai e lutou para mantê-lo de pé enquanto caminhavam na direção do outro lado do terraço. O lado vazio.

— Onde é que a gente 'tá indo? — March perguntou com um sorrisinho. — A gente vai ver os pássaros...?

O homem engatilhou a arma.

— A gente vai deixar a sua cabeça limpa. De um jeito ou de outro.

No nono andar, na sala de projeções, um pequeno dispositivo com um leitor numerado na frente estalou e o leitor girou uma posição no sentido anti-horário. Havia um entalhe no leitor sobre o número zero e, sobre ele, num anel de metal que cercava o leitor, havia uma flecha vermelha apontando para baixo, como se fosse a seta da roda da fortuna. O entalhe havia estado a dois estalos de distância da flecha. Agora estava a apenas um. Nas entranhas do pequeno dispositivo, um motor ainda menor estava zumbindo.

Um fio saía da base do dispositivo, passava pelo chão onde Tally estava deitada com a cabeça ainda no travesseiro, e subia pela perna de uma mesa. De lá, o fio seguia até a parte de trás de um dos projetores apontados para as portas de vidro abertas da sacada.

Era o que estava com o rolo do Orgulho de Motor City.

O cara mais velho havia levado March sob a mira da arma até a beira do terraço, onde um parapeito na altura da cintura era tudo o que existia entre ele e uma queda de trinta andares. O vento estava forte ali. Havia apenas um pássaro no lugar, e ele decolou quando os viu se aproximando, batendo asas pela noite.

Holly estava segurando no braço do pai o mais firme que conseguia, mas quando o homem gesticulou para que o soltasse, ela soltou. March caiu para a frente, ficando de quatro.

— Ah, Deus. Ajuda ele a levantar — o homem mais velho disse, e Holly voltou para o lado dele e o levantou pelo cotovelo de novo.

— Onde está a Tally, porra?

March estava respirando fundo, com os olhos ainda fora de foco.

— Tally quem? — murmurou. — Tally qu... — Sacudiu um dedo na direção da arma.

— Por que você tinha que trazer a merda da criança? — o cara mais velho perguntou. Parecia sinceramente bravo com aquilo.

Aquilo pareceu acordar March um pouco.

— Eu fodi com tudo — disse com a voz arrastada.

— É, você fodeu com tudo.

March começou a chorar. Holly permaneceu ali, segurando nele e mordendo o lábio. Ela tinha que fazer alguma coisa. Não podia acabar assim, simplesmente não podia.

— Vai lá — March prosseguiu, ainda com a voz arrastada. — Me solta. Eu consigo ficar em pé.

O homem a mandou se afastar com a arma e ela recuou, esforçando-se para não pensar naquela situação como o que era, a dizer sair da linha de fogo.

March cambaleou um pouco, mas se manteve de pé dessa vez.

Holly olhou ao redor desesperadamente, procurando alguma coisa que pudesse usar como uma arma. Mas não havia nada ao alcance dela. Havia uma cadeira de madeira dobrada e apoiada contra a proteção de um motor de ventilação gigantesco que talvez estivesse ao alcance do pai — mas isso ajudava em muita coisa naquele momento.

Ela podia gritar, pedir ajuda, mas o bar parecia tão distante, e a música estava alta lá, e mesmo que os gritos dela fossem escutados, o que não era provável, duas balas os deixariam em silêncio antes que qualquer pessoa pudesse aparecer para ajudá-los.

Ela se preparou para fazer a única outra coisa em que conseguia pensar: correr na direção do cara, tentar pular nele, e quase com certeza acabar morta durante esse processo.

Na sala de projeções, o pequeno leitor girou.

Dessa vez, um sino fez ding! e o projetor ganhou vida, o ventilador girando, a luz acesa e os rolos começando a rodar.

No pátio, nove andares abaixo, uma dúzia de alto-falantes ressoaram com o som da voz elegante de um apresentador:

— Bem-vindos, Los Angeles, à melhor comitiva de automóveis que Detroit tem para oferecer!

John-Boy ficou rígido, depois virou o rosto na direção da tela gigantesca que se erguia acima dele, onde uma imagem de Bergen Paulsen junto a um emblema de montadora estava sendo substituída por uma gravação de um Ford 1978, primeiro girando sobre uma plataforma, depois estacionado em uma garagem suburbana.

— É a nova definição da palavra luxo — o apresentador anunciou. — Além do estilo mais distinto, estamos oferecendo aos senhores o conforto garantido de uma série de interiores, misturando veludo, couro, painéis de madeira, e...

No terraço, Holly estava prestes a se lançar contra o atirador, mas o começo do filme lá embaixo a assustou. Olhou para o atirador, esperando que talvez ele também houvesse se assustado, mas ele era um profissional e não parecia ter mexido nem um fio de cabelo. Não se mexeu nem quando a voz do apresentador foi cortada abruptamente e as imagens do carro congelaram, sendo substituídas por uma faixa de filme com uma contagem regressiva, uma imagem que lembrava o visor de um radar girando e mostrando 3, depois 2, depois cortando para um quadro com as palavras "ESSE FILME É DESTINADO EXCLUSIVAMENTE A ADULTOS".

Por cima do parapeito, Holly viu dois corpos nus na tela, um homem e uma mulher, o homem dando estocadas entre as pernas levantadas da mulher, e as palavras "UMA PRODUÇÃO DE SID SELVAGEM SHATTUCK" surgindo no meio da tela.

Não era nada que ela não houvesse visto antes, mais recentemente na festa de Shattuck, e não a deixou muito perturbada — tinha assuntos mais urgentes na cabeça dela. Mas lá embaixo, a multidão estava respondendo com uma mistura de sustos, risadas e raiva. Aquilo era deliberado? Uma espécie de pegadinha? Um erro?

Os corpos nus foram substituídos por um plano médio de uma mulher de cabelos castanhos e busto largo vestindo um figurino azul e listrado e óculos de armação preta, sentada numa cadeira de couro marrom por trás de uma mesa que parecia bastante com a de Judith Kuttner. A imagem congelou e ficou monocromática enquanto um texto aparecia na tela: primeiro surgiu Misty Mountains e, depois, embaixo disso, O que você acha do meu carro, Garotão?

Em algum lugar no meio da multidão, Bergen Paulsen exclamou:

— Oh, meu Deus.

John-Boy se virou de costas para a tela, os olhos de aço seguindo o raio da projeção até a fonte, a sacada bastante iluminada no nono andar. Que merda que Williams estava fazendo? Tinham que lidar com aquilo antes que fosse longe demais.

E no terraço, Holland March estava se desfazendo em lágrimas, limpando os olhos com o antebraço.

Kingsley Williams achou que aquilo era extremamente indecente. Ficaria feliz de dar um fim àquilo, francamente. Não só porque era o trabalho dele fazer aquilo, não só porque claramente não havia mais tempo de sobra, mas porque um homem daquele jeito não era nem um pouco homem. Arrastando a filha para uma situação em que nunca deveria ter entrado, e depois fazendo aquilo na frente dela que nem um fracote.

— Você quer que ela veja você desse jeito? Seu bêbado de merda. — March estava berrando agora. — Ah, não começa com essa merda de choro...

March se esforçou para conseguir falar entre soluços pesados.

— Eu quero...

— Você é um filho da puta de um bêbado, é isso que você é — Williams levantou a arma, mirou bem entre os olhos do homem. Era a melhor coisa que aquele escroto merecia.

March choramingou na direção de Holly.

— Eu te amo...

— Isso é uma vergonha — Williams disse.

— Eu sinto muito, querida... abaixa...

— O quê? — Holly perguntou.

De repente, Holland March não estava mais bêbado. E a cadeira de madeira estava na mão dele.

— Abaixa! — ele repetiu.

Ela abaixou, e March girou a cadeira que nem Reggie Jackson, tirando a arma da mão de Kingsley Williams com um golpe e quase levando a mão dele junto. A pistola voou pela noite como o pássaro havia feito.

Mas era necessário mais do que um pulso quebrado para parar um homem como Williams, e ele estava sobre March um instante depois, atracado com ele, forçando-o a ir para trás, batendo nele com uma esquerda violenta no torso e uma cabeçada na garganta.

— Filho da puta — cuspiu.

March tentou desesperadamente alcançar o coldre, e Williams tentou também desesperadamente afastar a mão dele.

Se Williams não estivesse usando a mão esquerda para segurar a direita de March, se March não estivesse apenas a centímetros da própria arma no começo das contas — bem, quem sabe o que aconteceria? Pode-se pensar em suposições a noite toda. O fato foi que, Williams estava assim e March estava assim, e a arma deslizou para a mão de March, e então três balas — um, dois, três — foram disparadas do tambor e atingiram o centro do colete de Williams. Que ficou cada vez mais vermelho.

Williams cambaleou para trás, agitando os braços e arquejando. Era um homem morto, só não havia chegado lá completamente. Porra. Elevar a fundação da casa e consertar o telhado já eram, a viagem para o Taiti para a qual estava economizando um pouco de cada vez, já era. A poupança para a faculdade de Tally já era. Era possível ter esperanças de criar a afilhada direito, podia economizar e fazer planos, mas era o Senhor que decidia, isso mesmo.

E esse desgraçado — esse March, essa porra de bêbado, esse falso —, quem podia dizer se ele já não tinha atirado na coitada da Tally, do mesmo jeito que tinha atirado nele?

Enquanto caía para trás, viu Holly ao seu lado e a chance de um instante de fúria vingativa que custaria a entrada dele no Paraíso, mas foda-se, São Pedro provavelmente já o havia colocado na lista de indesejáveis há décadas agora, então pegou o braço dela. Ela estava caindo com ele, e vamos ver se o sr. Sacada Rápida gostava disso.

Sem pensar nem por um instante March se lançou contra o homem que estava caindo. Um míssil, ele era a porra de um míssil.

Com o ombro, soltou Holly do punho do homem e mal registrou a situação enquanto ela batia com força no chão do terraço.

Mal registrou porque percebeu com horror que não havia nada por baixo dele a não ser um corpo cravejado de balas de um assassino de meia-idade com um terno vermelho e trinta andares de ar.

40.

O que estava passando na tela gigantesca enquanto March e Williams brigavam no terraço e então enquanto caíam era o seguinte.

Um ator pornô com uma maquiagem brega de velho estava se inclinando sobre a mesa de Misty.

— Bem, eu sou o Bergen Paulzão — disse, — e eu represento as montadoras de automóveis de Detroit! É isso que eu sou, porra!

Na multidão logo abaixo da tela, o Paulsen real parecia horrorizado. Estava se contorcendo.

Na tela, Misty levantou de trás da mesa, com a insígnia do governo na parede por trás dela. Uma placa de identificação sobre a mesa dizia Excite Kuttner.

— Você envenena o nosso ar! As pessoas não vão ficar sentadas vendo isso!

— Ninguém disse que elas não podem deitar — Bergen Paulzão murmurou.

— Bem... — Misty disse, — talvez você consiga me convencer a mudar de ideia. Talvez se a gente chegar a um acordo monetário...?

— Talvez eu possa colocar você em contato com a minha equipe — Bergen Paulzão respondeu.

— Eu posso cuidar deles depois — Misty disse, com uma expressão que enfatizava o duplo sentido da fala. Aquela era uma atuação de primeira. — Antes, vou aceitar depósitos no banco Union Federal, conta número dois-dois-um-dois-nove. Só me diz que quantias exatas eu devo esperar... Eu também preciso das datas e dos números dos cheques...

— Como assim, agora?

— Agora mesmo, garotão.

Bergen Paulzão pareceu preocupado.

— Como é que eu posso saber que você não está com um microfone escondido?

Misty abriu o paletó com tudo, fazendo os botões voarem e mostrando que não havia nada por baixo do paletó além dos peitos tamanho quarenta e quatro. Na tela gigante, cada mamilo era do tamanho de uma pessoa. Isso pôde ser reparado com facilidade enquanto Williams passava por um e March pelo outro.

— Eu pareço estar escondendo algum microfone...? — ela disse.
Era isso que estava acontecendo.
Isso, e Kingsley Williams e Holland March.

41.

Ploft.

42.

Ah, mas isso levava a conclusões erradas.

Williams, que havia caído do terraço primeiro, tinha o ímpeto da queda a seu favor. Mas, ao colidir com ele, March transferiu um pouco desse ímpeto para si mesmo. Ele despencou por cima do corpo dependurado de Williams e caiu em um arco levemente mais amplo, Williams em um levemente mais fechado. Não era uma diferença muito grande. Atingiram a altura do solo a poucos metros de distância. Mas no caso de Williams isso significava atingir os azulejos do piso que cercava a piscina. No caso de March significava cair na água.

Era uma questão de ângulos. Se ele tivesse se enrolado como uma bola, a queda provavelmente o teria matado. Cair estirado teria destruído as costas dele e diversas outras abordagens teriam quebrado o pescoço dele que nem um galho de árvore. Mas o que aconteceu foi que ele atingiu a água bem posicionado e com leveza, senão como Phil Boggs no trampolim de três metros em Montréal, pelo menos como Greg Louganis no de dez.

Talvez esteja se perguntando se March teria sido um atleta de saltos ornamentais na época da escola ou da academia de polícia, mas a resposta é não. Não havia se dado ao trabalho nem mesmo de encher a piscina da casa alugada, lembre-se. Realmente estava pouco se fodendo para natação ou saltos ornamentais.

Então não houve absolutamente nenhum motivo para ele sobreviver àquela queda. Nenhum. *Nothing*. Foi apenas questão de sorte de imbecis. Que era o único tipo de sorte que March tinha.

Ele mergulhou na água, continuou descendo, girando e sacudindo. Perdeu a consciência por apenas um segundo, acordou um segundo depois quando a bunda dele bateu com força no fundo da piscina. Então ele ficou piscando, piscando, tentando compreender onde estava, perguntando-se por que sequer estava vivo, tentando se lembrar de não abrir a porra da boca e respirar fundo como estava louco para fazer.

Por sorte, a água estava bem iluminada pelos holofotes do lado de fora, e ele viu alguém nadando em sua direção. Um bom samaritano, sem dúvida. Alguém que havia visto a queda e pulou para ajudar. Mas então o vulto se aproximou e

March conseguiu ver um homem calvo e com uma grande papada, vestindo um traje executivo da marinha, e não era qualquer homem calvo e com uma grande papada — era Richard Nixon.

Não. Porra, de jeito nenhum.

March se virou de costas e nadou o mais rápido que conseguiu em direção à luz na borda da piscina.

Naquele instante, John-Boy estava caminhando decidido pela multidão em pânico, em direção a uma plataforma giratória onde uma garota peituda com um vestido verde estava apresentando um Chrysler vermelho. Atrás dele, as pessoas estavam soltando gritos estridentes — tanto homens quanto mulheres —, pessoas que haviam visto Williams atingir o chão ou, ainda pior, haviam estado perto o bastante para ficarem salpicados de sangue.

Bem, um pouco de caos era uma coisa boa — aqueles que estivessem gritando e correndo por aí não estariam olhando para a tela, e qualquer um que quisesse escutar o áudio do filme teria dificuldades para isso.

Mas mais caos seria ainda melhor, e com isso em mente John-Boy pegou casualmente uma minigranada no bolso do casaco, puxou o pino e jogou o explosivo debaixo do Chrysler. Continuou andando, apressado, tirando uma arma automática do coldre de baixo do braço enquanto isso. Quando a granada explodiu, alguns segundos depois, lançando partes de carro e corpos em todas as direções, ele já estava atirando em direção à janela do nono andar.

Precisou de um número considerável de balas, mas uma hora a luz do projetor foi atingida e a tela de projeção gigantesca ficou escura. Finalmente.

Outras duas coisas aconteceram então:

No terraço, Holly viu a tela se apagar e correu em direção aos elevadores. Isso não podia ser boa coisa. Tinha que resgatar o filme. É o que o pai dela iria querer.

E lá na sala de projeções, fragmentos da lâmpada destruída se espalharam pela sala. Um estilhaço de vidro incandescente pousou no rosto de Tally, e ela finalmente acordou.

A cabeça de March emergiu pela superfície bem na hora em que a granada explodiu, e ele se viu mergulhando de novo para fugir dos estilhaços que estavam se espalhando pelo ar. Quando subiu pela segunda vez, o perigo havia passado — ou pelo menos aquele perigo havia. Ainda havia o perigo de ser pisoteado pela multidão que estava correndo em todas as direções, além disso havia os destroços flamejantes da plataforma rotatória, lambidas de fogo subindo pelo ar, isso para não mencionar o maníaco disparando uma pistola automática na direção do prédio do hotel.

Espera, ele conhecia o maníaco.

Com os braços tremendo, March saiu da piscina. Havia um volume achatado do lado da piscina, parte tecido, parte humano. March não olhou aquilo de perto. Mas viu uma arma do lado do volume — a arma dele, que também havia caído. Ele a pegou, jogou um pouco de água da piscina sobre ela para limpá-la e correu em direção ao lugar onde John-Boy havia parado de atirar contra a janela.

Não estava inteiramente sóbrio, percebeu; não havia estado tão bêbado quanto havia fingido quando o cara se aproximou dele com Holly sob a mira de uma arma, mas também não estava tão sóbrio como havia fingido quando havia arriscado uma tacada de beisebol com a cadeira de madeira. E mesmo a queda e o mergulho na piscina não haviam sido o bastante para desanuviar de vez o cérebro dele. Mas talvez fosse melhor assim. Clareza demais não o ajudaria muito naquele momento.

Disparou algumas balas na direção de John-Boy enquanto estava correndo. John-Boy se lançou para trás de um canto do balcão para se proteger, depois se mostrou apenas tempo o bastante para soltar uma saraivada de tiros na direção de March. As balas ricochetearam na lateral de um carro dourado que estava girando lentamente sobre uma plataforma ao lado dele. March pulou por cima do capô do carro e deslizou para o outro lado. O coração dele estava a mil por hora e as mãos estavam tremendo.

— Deus... Deus... — escutou-se dizer. Merda. Para com isso, March. Sentou-se com força no chão, com as costas apoiadas na porta do carro, forçou-se a fechar os olhos e a respirar regularmente. Havia um carro entre ele e o maníaco; estava seguro. Tudo o que precisava fazer era se acalmar e depois atirar. É mais fácil falar do que fazer, porém — a parte de se acalmar.

— Você consegue fazer isso, você consegue fazer isso — repetiu para si mesmo, fechando os olhos com força e pegando a arma com as duas mãos. — Três... dois... um... — Ele girou, ficou de joelhos, apoiou os cotovelos sobre o capô, mirou, e...

Porra, onde é que estava o John-Boy?

Falando nisso, onde é que estava o bar?

Uma nova saraivada de tiros veio na direção dele, vindo de trás, ricocheteou no carro de novo e quase o cortou ao meio. Jogou-se para o lado para fugir da linha de fogo e acabou de quatro como havia estado no terraço.

Merda de plataforma rotatória! Embora mal pudesse culpá-la por, sabe como é, ter girado. Ele que se fodesse, por não ter pensado naquilo, por ter deixado o desgraçado ficar atrás dele. Rolou pelo chão, levantou-se atirando, na direção certa dessa vez, embora mal estivesse mirando e não tivesse ideia do que havia atingido. Não foi John-Boy, isso é certo, já que o louco filho da mãe estava avançando rapidamente na direção dele agora, levantando a arma...

Uma nova saraivada de tiros foi disparada, mas não do cano de John-Boy. Veio do outro lado, de um arco reluzente decorado com fios brilhantes, onde um vulto estava apoiado de um dos lados, expondo-se o mínimo possível aos disparos do oponente. John-Boy se lançou para trás, e March saiu correndo na direção do arco numa posição agachada que deixaria Quasímodo orgulhoso.

Jogou-se de costas contra uma perna do arco e viu Healy se apertando contra a outra, com a arma na mão.

— Como foi que você chegou aqui embaixo? — Healy perguntou. — Eu disse pra você ir pro terraço!

March estava tremendo, sem palavras.

— Você caiu?

Por um momento, March pensou em negar aquilo, depois decidiu, foda-se.

— Caí.

Healy se virou para trocar outra série de tiros com John-Boy.

— Jesus Cristo — Healy disse, depois de voltar para a posição anterior contra o arco. — Você está brincando comigo?

— Acho que eu sou invencível — March respondeu. — É a única coisa que faz sentido. Acho que eu não posso morrer.

Healy não estava interessado nessa teoria.

— Onde é que está o filme? — ele perguntou.

— Lá em cima. — March apontou na direção do nono andar, agora escuro. — A gente só tem que ir lá buscar.

Na hora em que Holly chegou à sala de projeções e atravessou a porta correndo, Tally já estava em pé ao lado do projetor, lacrando uma das latas metálicas de filme com fita isolante. Estava com uma tesoura na mão, que estava usando para cortar a fita, e a arremessou na direção de Holly. Holly se abaixou bem na hora — estava ficando boa nisso — e a tesoura passou voando por cima dela, cravando-se de ponta na madeira da porta.

Holly correu para cima de Tally e a agarrou pelo torso, afundando o rosto no peito da outra mulher. Tally lançou uma chuva de golpes nas costas e no ombro dela, mas Holly se manteve firme. Holly levantou uma perna e pisou com força no pé de Tally, depois passou uma rasteira nela com um chute na panturrilha. Soltou Tally enquanto ela caía. Tally não era o motivo daquilo, ela se lembrou. O filme era.

Ela pegou a lata abruptamente e se virou para correr de volta para a porta — mas Tally chegou lá antes dela, e agora estava com uma arma apontada para a menina.

— Me dá isso — Tally disse — sua hippiezinha de merda. — Avançou na direção de Holly com o braço estendido na direção da lata com o filme.

— Você quer ele? — Holly perguntou. — Vai pegar. — E como se estivesse na pista de boliche, colocou a lata de lado no chão e a rolou pela porta aberta da sacada.

Tally uivou e correu atrás da lata, mas Holly pisou na bainha do vestido dela e a fez cair, batendo a cabeça de novo.

E a lata com o filme...

A lata rolou pela sacada, depois passou da beirada dela e se projetou no ar, formando um arco longo e gracioso.

43.

Todos os olhos estavam sobre a lata enquanto caía da janela do nono andar.

March, Healy, Paulsen, John-Boy.

Ela quicou uma, duas, três vezes antes de rolar e parar sobre a plataforma rotatória do Chrysler em chamas.

Paulsen se virou para os dois guarda-costas que havia contratado para si, ambos largos e vestindo roupas formais, com gravatas que pareciam apertadas demais, embora mesmo uma gravata frouxa fosse parecer apertada em pescoços enormes daquele jeito. Um deles tinha um bigode fino que estava tentando deixar crescer desde o começo do ensino médio, sem muito sucesso. Ele se chamava Afasa, e o irmão dele era Pati. Pati havia levado muita porrada por causa daquilo quando era criança. Não mais. Eram de Samoa, e isso era tudo o que Bergen Paulsen sabia sobre eles. Quando os chamava para qualquer coisa, chamava-os de "aqueles garotos de Samoa". Eles sabiam que Paulsen não sabia o nome deles, mas é, né, ser guarda-costas era aquilo, não se trabalhava no ramo para afagar o ego, trabalhava-se pelo dinheiro.

Agora, Paulsen não precisou usar o nome deles. Simplesmente apontou para onde a lata com o filme havia terminado, junto à lateral dos destroços em chamas, como se fosse uma quinta calota.

— Pega aquela porra daquele filme pra mim. Vão, vão!

Healy viu os dois homens enormes abrindo caminho pela multidão e correndo em direção à lata.

— Me dê cobertura — March disse.

— O quê? O quê? — Healy perguntou. — March! March...

Mas March já havia disparado do abrigo atrás do arco da entrada e estava correndo em zigue-zague rumo à plataforma rotatória. John-Boy levantou a arma e soltou uma bala na direção dele. Healy também levantou a arma, dolorosamente consciente de como estava leve — provavelmente, restava apenas uma bala.

Mirou com mais cuidado do que havia feito em toda a vida, sabendo que aquele tiro teria que valer a pena. Puxou o gatilho.

Nada.

Bem, havia percebido que ela estava leve. Colocou a arma no bolso e começou a correr que nem um atacante depois de driblar o último zagueiro, gritando para chamar a atenção de John-Boy e, assim, fazê-lo parar de atirar em March — os dois últimos tiros quase o haviam atingido. Mas então Healy viu os seguranças do hotel também correndo atrás de John-Boy, três deles, gritando:

— Largue a arma! — John-Boy girou para ficar de frente para eles, e Healy virou à esquerda para perseguir os guarda-costas ao invés dele.

Por trás de Healy, os três seguranças pularam em cima de John-Boy antes que ele conseguisse atirar neles, mas foi uma tentativa condenada ao fracasso. Três contra um parecia ser uma boa chance, mas John-Boy foi rápido com eles, pegou um pelo pescoço e o bateu contra o segundo. Encaixou uma chave de braço no terceiro e então quebrou o cotovelo do homem com o joelho.

Healy não viu isso acontecer. Havia subido numa mesa e a usado como uma plataforma de decolagem para um salto voador sobre as costas de Pati e Afasa. Os três caíram amontoados. Healy começou a dar socos nos rostos dos dois, esperando por um nocaute antes que aquilo pudesse se transformar em uma luta propriamente dita.

March não viu nenhum dos conflitos. Tudo o que via era a lata metálica com o filme, e a pegou antes de trabalhar na equação que diz que metal mais fogo é igual a quente. Soltou a lata de novo e soprou os dedos queimados.

Depois levantou a cabeça e viu Healy ajoelhado sobre o peito de um dos guarda-costas, desferindo socos.

— March! Vai! — ele gritou. — Deixa isso comigo! — March se virou de novo para a lata e a pegou mais uma vez, agora apoiando-a embaixo do braço para não queimar a pele.

Sentiu a axila esquentar. Era até um pouco agradável, na verdade.

Não viu quando o segundo guarda-costas se levantou por trás de Healy e o nocauteou com um soco no pescoço.

Mas viu John-Boy se levantar da pilha de seguranças derrotados. O homem alto bateu a sujeira das pernas da calça, checou a arma, depois casualmente colocou uma bala na cabeça de cada segurança.

Aquilo foi o bastante para fazer March sair correndo, debandando para a torre mais próxima do hotel. Havia escadas rolantes que levavam ao Grande Salão de Bailes no andar de cima ou ao estacionamento subterrâneo. Nenhum dos dois soava muito bem, mas ele disparou na primeira direção, subindo dois degraus de cada vez. Escutou o barulho de sapatos de couro batendo no chão embaixo de si, e olhando de relance para baixo viu John-Boy mirando na direção dele. Uma bala ricocheteou na parede ao lado da cabeça de March e ele voltou a se mexer, correndo de novo. Outra escada rolante para cima — depois uma para baixo...

Por quanto tempo poderia continuar fazendo aquilo? John-Boy era mais novo e mais rápido, e mais louco. E estava armado. March havia deixado a arma cair em algum lugar no meio do caminho, provavelmente quando havia pegado a lata com o filme. Não que pudesse ter feito um bom trabalho carregando os dois juntos de qualquer jeito, mas ainda desejava que estivesse com ela. Armas faziam tudo melhorar. Quando eram suas. Nem tanto quando eram, sabe como é, de um assassino profissional.

March pulou pelo corrimão da escada rolante em que estava, aterrissando sobre uma mesa grande, que virou por baixo dele, jogando-o ao chão. De trás dela vieram tiros, e buracos de bala surgiram na madeira da mesa acima da cabeça dele. Ficou em pé de novo e disparou, com o filme apertado contra o peito.

Mas agora estava a céu aberto, e estava ficando sem lugares para, bem, fugir. Aquele era o andar que dava em cima da passagem que ligava as duas torres, e March seguiu na direção dela. Mas onde é que estava a porra da porta? Alcançou uma janela enorme de vidro laminado que dava em cima da passagem e a martelou com um punho, frustrado — depois viu a janela se estilhaçar, transformando-se em um milhão de pedaços.

Eu fiz isso? Virou, viu John-Boy atrás dele, com a arma estendida e fumegando. Não. Ele fez aquilo.

March foi atingido pela bala seguinte no peito — ou teria sido, se a lata do filme não estivesse no caminho. A bala se alojou no centro do filme, mas o impacto arremessou March para trás, fazendo-o atravessar a janela destruída e cair sobre a passagem.

Soltou a lata enquanto estava caindo e a viu rolar de lado em direção à borda da passagem. Rastejou até ela com o braço esticado, tentando desesperadamente pegá-la antes que...

A lata quicou na borda da passagem e caiu em um andar inferior, aterrissando sobre um piso de vidro que o deixava ver o teto dos carros passando abaixo, no estacionamento. Lançou-se de onde estava atrás dela.

A lata havia quicado e rolado sobre o vidro, mas isso aconteceu porque ela pesava o quê, um quilo? Dois? Cinco? March pesava setenta em um dia bom, e quando se chocou contra o vidro o atravessou na mesma hora, aterrissando sobre o teto de um carro com uma chuva de cacos de vidro. O metal amassou, e March ficou completamente sem ar no corpo. Gemeu e ficou deitado de bruços por um segundo, tentando respirar. Mas a lata havia atravessado o vidro junto com ele, caído sobre o pavimento e ainda estava rolando.

    March se forçou a levantar e deslizar para fora do teto do carro. Seguiu cambaleando pela rua, perseguindo a lata, esquivando-se de um táxi que estava buzinando e quicando contra a grade de um carro de luxo. Graças a Deus todos estavam dirigindo devagar ali.

    Ainda estava vendo a lata — ainda rolando, mas não muito longe — quando levou um puxão no ombro de um cara gigante com uma gravata, que o mandou ao chão com um soco e foi sozinho atrás da lata.

    March se levantou cambaleando mais uma vez, depois se abaixou de novo quando um tiro vindo da passagem acima passou perto o bastante para repartir o cabelo dele. Arriscando um olhar rápido para trás, viu John-Boy lá em cima, mirando para atirar mais uma vez.

    Então alguém atrás de John-Boy gritou "Ei", e o atirador se virou.

    Healy pulou no ombro dele e o jogou na superfície da passagem.

    March se permitiu sorrir. Só um pouco. Depois correu atrás da porra da lata.

Na passagem, Healy e John-Boy estavam rolando sobre cacos de vidro, trocando socos. Era uma cena brutal mas, de um jeito estranho, também era nostálgica. Havia terrenos vazios no Bronx onde a melhor coisa em que se podia esperar cair durante uma briga era um prego enferrujado, onde não faltava vidro quebrado e mais de uma vez isso havia sido usado deliberadamente para causar danos no oponente. Healy havia visto gargantas serem cortadas. As crianças com quem havia crescido não estavam de brincadeira. Ou se aprendia a brigar novo ou então era necessário se mudar correndo do Bronx.

    Healy não havia se mudado.

    O que não queria dizer que gostasse de receber socos no rosto, na mandíbula, no peito. Mas significava que conseguia aguentá-los, e que podia revidá-los, e que mesmo quando aquele psicopata o pegou pela garganta, estrangulando-o enquanto estava ajoelhado, com John-Boy atrás dele passando um antebraço poderoso ao redor do seu pescoço, ele sabia um ou dois truques que não havia ensinado aos estudantes do curso de extensão. Esticando os braços para trás, enfiou as mãos nos bolsos do casaco de John-Boy, apertou o punho com firmeza e girou o desgraçado por cima da própria cabeça. O cara caiu de cara no chão a centímetros da borda da passagem, e Healy esperou que ele entrasse em recesso por pelo menos um ou dois segundos, tempo suficiente para Healy nocauteá-lo com um chute na cabeça. Mas não — o cara se levantou instantaneamente. Merda.

Healy cerrou os punhos de novo. Sentiu algo na mão, no dedo, algo que havia vindo do bolso de John-Boy quando o lançou e, olhando para baixo, Healy viu o que era.

Levantou a mão para que John-Boy também visse.

E, pela primeira vez, viu medo nos olhos do oponente.

March estava correndo, tentando alcançar Afasa, que estava a centímetros da lata, ainda rolando. Um carro passou na frente de March, que se esquivou e de repente se viu deitado com as costas no capô de outro carro. Atrás dele, escutou a mulher no volante soltar um grito agudo. Ela apertou o acelerador por acidente, levando March alguns metros adiante, depois pisou no freio. March zarpou da frente do carro, caiu no chão já correndo — bem, em pé, pelo menos, com o ímpeto carregando-o à frente, e se chocou contra as costas de Afasa, agarrando-o pelos joelhos. Os dois caíram no chão. Afasa pegou a lata, mas então ela escorregou dos dedos dele e, merda, estava rolando de novo. March bateu a testa de Afasa contra o asfalto, depois passou por cima dele para alcançar a lata — mas um tiro vindo de trás atingiu o asfalto ao lado dele. John-Boy...? March arriscou olhar para trás e viu o irmão de Afasa parado junto a uma das saídas do hotel, sob a sombra da passagem acima e com a arma levantada na mão. Parecia furioso pelo que March havia feito com o irmão dele.

March colocou os dois braços na frente de si. Será que o gesso dele poderia bloquear uma bala como a lata de filme havia feito? Por algum motivo duvidava daquilo. Mas quais eram as suas opções? Não podia mais correr. Ele já era.

Então alguma coisa que estava acontecendo em cima da cabeça de Pati chamou a atenção de March. Era John-Boy, que parecia estar tentando desesperadamente tirar o casaco. Tirou com pressa um braço de dentro de uma das mangas, depois pegou-se preso na outra. Puxou o braço com força e raiva, rasgando o tecido enquanto o fazia, e jogou o casaco inteiro para além da passagem.

Ele pousou no braço esticado de Pati.

Pati olhou para cima, surpreso e incomodado. Mas só por um segundo.

March se jogou no chão, apertou o rosto contra o asfalto e cobriu a cabeça com os dois braços.

*

A coisa balançando no dedo de Healy era o pino de uma granada.

Ele se virou e correu, abaixando-se atrás de um vaso de plantas e esperando pela explosão.

Não ficou decepcionado. Pelo menos não até espiar pelo canto e ver John-Boy ainda em pé, só de camisa, observando as consequências da explosão lá embaixo.

Pelo menos o filho da puta estava distraído. Healy aproveitaria qualquer chance que tivesse. Correu por trás do vaso e pegou John-Boy pela cintura. Empurrou-o de um lado para o outro, deu uma joelhada na barriga dele, outra na virilha, jogou-o no chão. Montou sobre ele. Desferiu a boa e velha esquerda-direita nele, bem nas costeletas, só que dessa vez engatou em uma boa e velha esquerda-direita-esquerda-direita-esquerda-direita-esquerda-direita. Depois esticou a mão direita, enrolou-a ao redor da garganta do homem e começou a apertar.

Isso que era bom pro Dufresne, filho da puta. Isso que é bom pra você.

John-Boy se debateu. É, ele era um cara forte. Mas Healy também era um cara forte, e dessa vez ele estava em vantagem. Inclinou-se para a frente e colocou o próprio peso sobre os braços.

— Healy! O que você está fazendo?!

Levantando a cabeça, Healy viu um fiapo de garota parado junto à porta, com os olhos arregalados. Horrorizada.

— Vai embora, Holly.

John-Boy estava se contorcendo embaixo dele. O rosto dele estava ficando roxo.

— Healy, para! Você não tem que matar ele!

Ah, mas tenho sim, Holly. Você não entende. Um cara desses? Ele não tem cura. Ele está podre até a alma. Mau. Não dá pra consertar ele. Não dá pra melhorar ele.

— Healy — Holly disse —, se você matar esse homem, eu nunca mais vou falar com você.

Ele olhou para ela. Olhou para as próprias mãos, presas em volta da garganta de John-Boy.

Ele merecia aquilo.

Era verdade: ele merecia. E o mundo merecia livrar-se dele. E ele não poderia ser curado, nem consertado, nem melhorado. Era tudo verdade, cada palavra daquilo.

Mas alguma coisa falou com Healy naquele momento, uma vozinha na cabeça dele. Depois, pensou que talvez fosse a voz de Scotty, o seu padrinho do AA, mas pensou isso apenas porque se recusava — se recusava — a acreditar que era a voz do pai. E o que aquela voz estava dizendo era, Você está certo. Você está certo. Simples assim — você está certo. Ele não pode ser melhorado. Mas sabe quem pode? Você pode.

Você pode, porra.

Diminuiu a força com que estava apertando, e embaixo dele John-Boy começou a tossir, tentando respirar.

— Parabéns, meu amigo — Healy murmurou. — Você deve a sua vida a uma garota de treze anos.

Os olhos de John-Boy estavam fechados. Ainda estava se esforçando para respirar. Tudo bem. Não era importante que ele escutasse. Só era importante que Healy dissesse aquilo.

Healy levantou o punho, mirou, e o afundou contra a têmpora do desgraçado. A cabeça dele bateu no concreto e ele finalmente apagou. Ainda fazendo força para respirar, mas menos agora que estava inconsciente.

— Boa noite, John-Boy — Healy disse.

*

March estava em pé de novo. Como, ele não sabia. Mas a lata ainda estava se mexendo e ele também. O casaco dele estava chamuscado por causa da explosão, o cabelo também. Mas Pati havia ficado pior, obviamente. Então March não estava reclamando.

Viu a lata finalmente virando e caindo ruidosamente sobre o asfalto, e ele cambaleou até ela, ignorando o som de outra explosão atrás de si. Porra, quem ia saber o que era dessa vez? Talvez alguém atirando nele. Talvez Detroit estivesse apresentando outro carro novo do futuro e uma das características dele era que explodia. Sabe, sob comando. Foda-se. Ali estava o filme. Ali estavam os dedos dele. Levantou a lata, abraçou-a contra o peito. Era o fim daquilo.

Olhando para a mão, viu que as palavras que haviam sido rabiscadas na pele dele ainda estavam ali, só que um pouco mais fracas e manchadas. Uma palavra em particular estava manchada a ponto de ficar indecifrável, e ver aquilo o fez sorrir. A palavra que havia desaparecido era nunca. A frase agora dizia Você... vai ser feliz. Bem, é isso aí, porra. Se isso não é um sinal, eu não sei o que é.

— Pai!

Ele olhou para cima e viu Healy e Holly olhando para baixo da beirada da passagem.

Holly estava chorando.

Não, querida, ele queria dizer, não chora, eu consegui. A gente conseguiu. Está vendo?

Ergueu a lata com o filme acima da cabeça. Sorriu para ela. Fez um gesto como se estivesse oferecendo um aperto de mão na direção dela.

Foi mancando em direção ao prédio, mas desistiu no meio do caminho. Havia um carro com janelas destruídas parado enviesado na pista. Não estava indo para lugar nenhum. March afundou ao lado do carro, com as costas apoiadas contra a porta, e colocou a lata do filme sobre a coxa.

A distância, escutou sirenes.

— E isso — disse suavemente para si mesmo — é a polícia.

Colocou a mão no bolso do casaco e sacou o isqueiro e um cigarro.

Estava fumando com um olhar de profunda satisfação quando as viaturas se aproximaram.

Às vezes, simplesmente se ganha.

44.

Mas não dessa vez.

45.

No saguão de entrada do tribunal, March e Healy estavam sentados lado a lado. Os dois olharam quando as portas se abriram, pensando que talvez fosse Perry, vindo dizer-lhes que poderiam ir. Não era.

— Jesus Cristo — March disse.

— Ah, merda — era a versão de Healy daquele sentimento.

— Sabe de uma coisa? — March perguntou. — Nem fala com ela. Nem olha pra ela, cara.

Um guarda uniformizado estava conduzindo Judith Kuttner pelo corredor em direção a onde estavam sentados, depois fez um gesto para que ela se sentasse também. Pelo menos o guarda a deixou sentada virada para o outro lado, deixando-os com as costas viradas para as costas dela. Certamente não precisavam conversar.

Mas então ela falou com eles.

Sem olhar na direção deles, é verdade. Mas não havia mais ninguém ali. Ela não estava falando com o guarda. Especialmente devido ao fato de ter começado dizendo:

— Ah, garotos, garotos... vocês realmente acham que conseguiram alguma coisa aqui.

Healy e March olharam um para o outro. Não olharam para ela.

A voz de Kuttner mergulhou na condescendência.

— Vocês têm alguma ideia do que acabou de acontecer? Isso não era um plano que eu tinha feito sozinha. Era o protocolo. Eu segui o protocolo.

March começou a resmungar alguma coisa em alemão, ou o que se passava por alemão em Sid Ceasar.

— Qual é o problema dele? — ela perguntou, virando-se para olhar para eles.

— Eu acho — Healy respondeu, — que ele está fazendo uma ligação entre você e Adolf Hitler. — Sorriu na direção dela.

Ela se virou de novo. Disse para a parede à frente:

— Leia a porra do jornal — disse, lenta e amargamente, como se fosse a professora de história com mais raiva do mundo. — O que é bom pra Detroit é bom pros Estados Unidos. Os Estados Unidos que eu amo devem a própria vida às três grandes.

— E a quem a sua filha devia a vida dela? — Healy perguntou.

— Detroit mandou matar ela! — Kuttner protestou.

March concordou com a cabeça.

— Acho que você está certa quanto a isso. A cidade inteira se juntou e fez uma votação. Todo mundo votou.

— Eu queria que ela ficasse segura! — Kuttner cuspiu. — Por isso que eu contratei vocês dois.

Bem, aquilo os atingiu um pouco. Talvez não devesse ter atingido, mas atingiu. Healy pigarreou.

— Ham, você vai pra cadeia, Kuttner. A gente não.

— Talvez eu vá pra cadeia, — ela disse —, mas isso não vai fazer diferença. Não dá pra acabar com Detroit. Se eu não estiver lá pra tomar conta desse assunto, alguma outra pessoa vai.

— Está bem — March respondeu, esperando enquanto processava aquela informação. — Bem. A gente vai ver.

46.

March estava com uma Mercedes conversível nova, cor de chocolate e com um motor que ronronava suavemente, então pelo menos aquilo havia ficado bem. Deve-se aproveitar as vitórias quando é possível.

Passou pelo Comedy Store, estacionou junto a um bar de drinques próximo, logo depois de um Papai Noel que estava tocando um sino e um alto-falante que estava derramando Kay Starr sobre a luz do sol de um dezembro em L.A.: *Old Mr. Kringle is soon gonna jingle the bells that tingle all your troubles away...*[9]

É, o Halloween havia chegado e passado em meio a toda aquela loucura, o Dia de Ação de Graças havia passado voando, e agora aqui estava o Natal de novo, a temporada de alegria, e se existia alguém que estava parecendo alegre não era uma das pessoas sentadas naquele bar no meio da tarde. March entrou, com a atenção voltada para uma *barwoman* bonitinha vestindo uma blusa solta que deixava os ombros à mostra, depois olhou duas vezes quando viu a filha sentada em um banco junto à porta, esperando por ele.

— Jesus — disse.

— É só Coca — Holly disse, erguendo o copo que estava segurando. É, só Coca se não contasse o e-rum. Mas foda-se. Ela era uma adolescente agora, e além disso era a pessoa mais responsável que ele conhecia. E ainda era Natal.

— Onde é que ele está? — March perguntou, e Holly apontou para um banco junto ao balcão. Um homem estava sentado, inclinado sobre uma garrafa não muito grande de alguma coisa com cor de âmbar. March se aproximou e pairou sobre o ombro de Healy até que ele o notasse. Levou um tempo.

March não conseguia acreditar no que estava vendo. Healy estava bêbado. Provavelmente bêbado que nem um gambá, mas pelo menos March não teria que suportar o cheiro daquilo. Isso para não mencionar o cheiro do meio charuto preso entre os dentes de Healy.

March se sentou no banco ao lado e levantou o dedo indicador.

— Uísque — pediu, mostrando um sorriso para a *barwoman*.

---

9 N. T.: Música natalina bastante disseminada nos EUA.

Healy, com uma voz horrivelmente arrastada, disse:
— Você viu na TV?
— Aham — March respondeu. — Vi, sim.
A garota do outro lado do balcão trouxe a bebida dele.
— Vão liberar eles, as montadoras de carro. Totalmente livres — Healy disse.
March acendeu um cigarro, deu uma longa tragada.
Healy continuou a se lamentar.
— "Não há evidências suficientes de conluio". Eles disseram.
— Eu escutei.
— O sol nasce, o sol se põe. Nada muda. Bem como você disse. — Healy pontuou as palavras dele com estocadas com o charuto.
— Olha — March começou. — Eles escaparam ilesos dessa. Grande surpresa. Sabe como é, as pessoas são estúpidas. — Engoliu mais um pouco do uísque. — Mas elas não são tão estúpidas assim. O que quero dizer é que, em cinco anos, no máximo, todos nós vamos estar usando carros elétricos feitos no Japão de qualquer forma. Anota o que estou dizendo.
Healy não pareceu mais calmo. Jesus. Esse era o pior estado em que March o havia visto, e isso incluindo o dia em que ele havia quebrado o braço de March.
— Olha só isso — ele disse —, você já viu a gravata de mau hálito? — Levantou a ponta da gravata para colocar a ponta virada bem para cima na mão dele. Expirou na ponta dela. Nada. Colocou-a na frente da boca de Healy. — Respira nela. — Healy expirou. A ponta da gravata murchou enquanto March mexia o polegar.
Healy começou a rir. Deus, aquilo era estúpido. Mas clássicos eram clássicos.
— Funciona todas as vezes — March disse. — Mata a Holly de rir.
A risada de Healy acabou, mas mostrou um pequeno sorriso para March.
— Pelo menos você está bebendo de novo — March acrescentou.
— É. É uma sensação ótima.
— O que é isso aí, Dewar's?
— Não é Yoo-hoo.
March virou o resto da bebida dele, e fez um sinal pedindo outro.
— Sabe, a gente foi bem. Ninguém se machucou...
— Bem — Healy murmurou. — Algumas pessoas se machucaram.
— Estou dizendo que acho que elas morreram rápido, porém, então acho que não se machucaram. — March tirou alguma coisa do bolso. Era um anúncio arrancado das páginas amarelas. Colocou-o sobre o balcão em frente a Healy. — Olha isso — disse. Healy se abaixou até ficar bem perto enquanto olhava.

O anúncio não estava muito diferente do que era. Ainda dizia "Nossos investigadores treinados são especializados em ENCERRAR CASOS desde 1972" e "serviço 24 horas" e "Licenciados e Vinculados". Mas agora, em cima, lia-se AGÊNCIA DOIS CARAS LEGAIS, e ao invés de ter apenas um pequeno desenho do rosto de March, havia dois pequenos desenhos, de cada um deles. Healy semicerrou os olhos.

— Desculpa por você parecer filipino — March disse.
— Eu pareço. Ou... mexicano.
— E ei — March continuou —, a gente já tem o primeiro caso. Uma senhora em Glendale.
— Aham — Healy respondeu.
— Ela acha que o marido dela está dormindo com Lynda Carter.
— A Mulher Maravilha?
— ... ou Lynda Carter. É isso que a gente tem que descobrir.
— Certo — Healy disse.
— Mas ela tem oitenta e dois anos, então é importante sermos rápidos.
— Aham.
— O que você acha?

Antes que Healy pudesse dizer alguma coisa, March pulou, pegou abruptamente o anúncio de cima do balcão e começou a dar tapas nele à sua frente.

— Merda! Merda! — Então o pressionou com força, com o polegar esmagando alguma coisa por baixo dele.
— O que foi...?

March pigarreou.

— Uma abelha.
— Aham.

A *barwoman* veio, e March piscou para ela enquanto pegava o copo de uísque. Será que havia algum potencial ali? Havia potencial em todos os lugares.

Levantou o copo na direção de Healy.

— Aos pássaros? — perguntou.

Healy levantou a garrafa. Eles brindaram.

— Aleluia — ele disse, e bebeu à nova carreira.

Este livro foi diagramado utilizando a fonte Myriad Pro
e impresso pela Gráfica Rotaplan, em papel off-set 90 g/m²
e a capa em papel cartão supremo 250 g/m².